少年綠皮書

——我們的島嶼旅行

文・圖◎劉克襄

目　錄

十五歲，最後的童年

幾年前，我接到一封女孩的來信，裡面附了一張大翅鯨的照片。

照片旁邊寫著：「劉老師，赫連麼麼回來了。這是我在蘭嶼外海拍攝到的照片。我決定和你分享這個快樂。」

赫連麼麼是一頭大翅鯨，我的一本動物小說的男主角。女孩還寫道，她在國中三年級時，深受這本小說的影響，日後決定了長大到海上調查鯨魚的心願。她在東海岸飄泊一年後，終於遇見了大翅鯨。

但是，年輕的女孩恐怕不知，這封信反過來，也觸發了我，斷斷續續寫了有關這年紀的一些故事。

十五歲，人生活得最辛苦、最茫然的時候，並非每一個人都能像那十五歲的少女，受到特殊事物的啟發。許多事情都在師長的期許和安排下，正在進行最後的衝刺，卻仍不知未來的樂趣。

你是不是這樣的成長呢？

反之，從我們的一生回顧，十五歲何嘗不是一個人童年時光的最後。但在這個末代歲月裡，

你扮演的又是自己一生的何種角色？默默地接受一個時代的結束，還是找到了另一個新的可能？

　　這本書分成兩個單元的創作。第一個單元描述自己青少年時期，不同階段接觸自然、野外冒險和汲取知識的生活經驗。第二個單元敘述我和孩子，以及幾位青少年，這四、五年來，一起摸索鄉土環境教學、登山旅行，以及如何面對私我感情的成長故事。

　　孩子、自然和師長之間的三角關係，一直是近幾年我追尋生活價值裡，反覆摸索，並且努力鼎立的教育理想。我深信，這一個意念的必須實踐。孩子縱使再挫折，仍有一個這麼寬闊地安慰和鼓舞自己的場所。而這本書裡，希望它也蘊藏著像大翅鯨這樣龐大的自然元素。

劉克襄

輯一：我的自然啟蒙

請還給我一個每天只停一班火車的小站，
一條清晨時鵪鶉母子悄悄走過的石子路。

我的家在不遠的墳場旁，
稻穗鋪在廟前的廣場。
我在溪邊戲水，哼歌，聽到上面的木橋，
「喀、喀」。

小學教書的父親，提著釣桿，永遠的走過。

———〈海洋之河流〉———

大城守望

十歲時，我知道一處最近的遠方，那兒是台中監獄，就在我家旁邊。

當我從佈滿鐵絲網的圍牆上遠眺，它像一座古代的中國軍事大城，紅磚層層堆疊，雄偉而龐大地坐落在地平線上。

監獄大致呈四方形，四個角各有瞭望的塔台。北邊的城牆隔了一條馬路，和台中市鬧區分開。東邊的城牆也隔了一條碎石子路，比鄰著日治時期修練劍道和柔道的武德殿。西邊則是幽靜而少人出入的聖瑪利諾教會，庭園裡一棟異國風味的神祕大紅樓矗立著。

只有靠鐵路這邊的東邊城牆，被面積遼闊的稻田和大菜園圍繞。我少年時認為，這裡是世界最開闊的地方。菜園的邊陲，還有一座廢棄的目仔窯。窯身的紅磚長滿野草，只有幾處窯口露出紅磚缺痕。四方形的大煙囪則伸向天空，像一隻大雷龍蹲伏在草原。

每天晨昏時，常有一群犯人穿著暗灰色的獄服，走出城門。他們在獄卒的監管下，挑著糞桶，或推著水肥車，走進菜園工作。有時，也會拎著鋤具或鐮刀，沿著附近的路邊修枝除草。我上下學時，偶爾經過旁邊，都特別注意到他們，像黑奴一樣，銬著腳鍊在工作。

有一條柏油小徑，將菜園和縱貫鐵路隔開。小徑兩旁有低矮的違章建築。小徑往南，很遠以後，直通釣魚的筏子溪。八〇年代末，台中監獄就移到那溪北邊的大肚山上了。小徑接近菜園的入口，有一叢香茅。我上學時，沒事常會摘取一根聞著好玩。大了時，對它所散發的奇異的香皂味也特別喜愛。

小徑往北，銜接著我的國小和國中。再過去，進入街市，就是台中火車站周遭的繁華鬧區。火車不論北上進站，或南下出站，接近這兒時，因為經過許多平交道，總會發出如雷的鳴叫，摻和著那轟隆的火車滾動聲。監獄裡的犯人每天一定都聽得清楚，想必也會有許多關連到火車的夢想吧。

我住家附近的一、二樓房子，窩集成一個小社區，隔著高大的鐵絲網，和大城遙遙相對。鐵絲網上總爬滿許多牽牛花，蜜蜂成天在那兒飛舞。牽牛花長得很密，我無法透過鐵絲網的空格眺望，都得爬上高大的鐵絲網牆上，才可能看清整座大城。

或許是這樣的一點困難，加上爸爸提到那兒關著一些政治犯，以及許多著名的殺人犯，這使得高聳的大城不僅禁錮著神祕，在我的心裡，還羈留著一些奇特的恐怖事情。

但那恐怖感卻也延伸出一種探險的快樂。當我和玩伴爬上鐵絲網遠眺的當頭，才會決定要去哪裡玩耍。

最初，一些在塔台值更的警衛看到我們出現，顯然不是很高興，經常阻止我們進入菜園。有時甚至兇悍地斥責，不准爬上鐵絲網。

結果，我們發展出了一個「越獄」的遊戲。趁著守衛不注意時，冒險翻進菜園裡。然後，沿著菜園小徑，慢慢地匍匐前進，穿過高麗菜、蘿蔔和水田，偷偷地爬到目仔窯。

冬末時，菜園是最美麗的地方，因為油菜花開了。一片黃澄澄的花海上，常有上千隻白色的蝴蝶在翻飛，像雪往天空飄了回去。我們更是興奮，因為油菜花高大，爬在裡面不容易被發現。只是經過時，身上都會沾惹幾隻青色的紋白蝶幼蟲。

我最愛爬行的季節是七、八月時，那時稻子即將結穗，爬過田埂時，經常遇見青蛙。一邊爬行，總會捉到三、四隻。有次卻不小心遇到一條蛇，嚇得衝出水田，一路狂奔回來。

這樣潛伏爬行的過程相當刺激，每次抵達時，全身都沾滿泥土和汗水。我們也視為一次偉大的勝利，刻意坐在目仔窯上，讓守衛看到我們。

小學畢業那一年，我們繼續跟往常一樣站在鐵絲網上遠眺，準備偷偷爬行到目仔窯去。幾隻白色的鷺鷥飛進水田，牠們的頭披著金黃的飛羽。其中一隻還落腳在水牛背上。那是第一次看到春羽的牛背鷺，亮麗的金黃令人怦然心動，總覺得那年春天就是從這種顏色開始明亮起來。

香茅

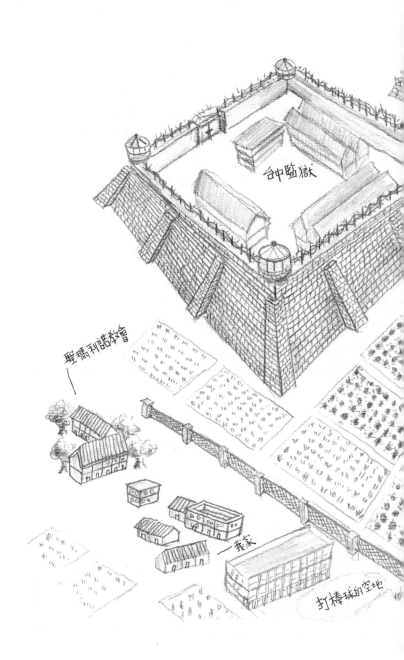

台中監獄

聖瑪利諾教會

我家

打棒球的空地

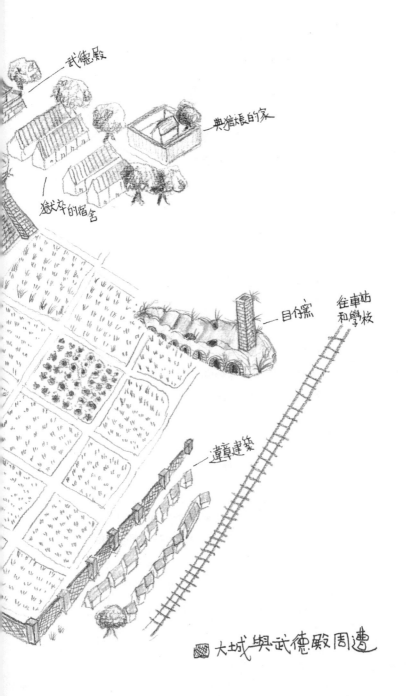

武德殿

典猿場的家

獄卒的宿舍

目仔窯

往車站
和學校

違章建築

圖 大城與武德殿周遭

國一暑假時，我就不再遠眺了。因為遠眺需要很多無所事事的時間，我似乎所剩不多。那時聽爸媽說，大城可能會拆除，要建國中和公園。但最先消失的卻不是它，而是目仔窯。

有次放學經過小徑時，看到了，特別衝到鐵絲網上觀望。眼看著煙囪傾圮，窯身崩塌，總覺得有一個像金字塔一樣偉大的東西，在眼前消失了。

年長時，到集集旅行，看到那兒有一座目仔窯被列為古蹟，心裡就想，那時社區的人若有地方文化意識，或許我的目仔窯也會被保存下來呢！

後來，長大到台北當記者，曾經翻讀台中的古蹟名目，台中監獄被列入。我樂觀地猜想，大城應該不致於被拆除吧！未料，有次回去，它已然消失。我根本來不及看到最後一眼。身為一個文史工作者，鎮日關心北部的溼地保育和古蹟維護，竟忽視自己童年時的地方，如此反思，我始終無法原諒自己的疏失。

大城不再，如今旁邊只剩一棟住著好幾間違建戶的武德殿，在陰森的榕樹下，幽黯而破舊地殘存著，彷彿想要留住一點我所知道的大城繁華。

我也常看著看著，就心思遠颺，腦海裡又浮現紅磚大城，在金黃花海裡搖曳，連目仔窯也回來了。

黑瓦小屋的家園

　　升上國中以後，例假日時，偶爾會抽空，回到小學時寄居的大同國小。

　　這所小學遠在日治時代初期就興辦了。還記得，自己的學生服是黑色的，有著金黃的鈕釦，頭上則戴一頂黑色大盤帽。這種好像是仿日本高校生的制服，那時已經不多見，為此我還充滿自豪呢。

　　這種年紀很老的小學，除了保有舊式水泥建築、木造教室外，還有一些新學校所缺乏的校園特色。以外觀而言，明顯地就看到，老樹特別多。我的小學更以一排大王椰子矗立在鬧區的自由路上，護守著兩座洗磨石子大門，成為台中的重要地標。

　　當時回到小學，主要是去操場玩棒球。六年級時，學校選拔金龍少棒的成員，我曾參加甄選，但被當老師的父親阻止。我畢業前後，這座黃土操場，孕育過好幾位出色的少棒球員，學校也組織過棒球隊南征北討，只是戰績不彰，後來都被其他國小棒球隊合併。我的同學張瑞欽或許是最知名的一位，他被選拔為第一屆金龍少棒隊成員，前往美國威廉波特比賽，獲得世界冠軍。

　　我喜歡站在投手丘上，回味當時的棒球盛況，幻想著左撇子的自己，如果繼續打棒球，會

是怎樣的情況。一直到中年，這樣的未竟之夢還持續著。

操場周遭有好幾處林子，都是嬉戲的場所。畢竟，從三歲離開烏日老家，寄居在小學的老師宿舍，直到國小五年級，我都在學校裡長大。這些林子幾乎是十歲以前的唯一世界。

林子裡最特殊的景觀，無疑是四座噴泉池了。北邊那兩座，因為離老師的辦公室較遠，也最荒涼，成為我偷撈魚的地點。那時最想捉大肚魚或蝌蚪飼養，但常不預期地捕到一些長相奇怪的水中生物。長大後翻書，才知道是紅娘華和水薑。

有次，從水裡撈到一長條狀的透明物，裡面有數百顆像粉圓的卵，原來是盤谷蟾蜍產的。後來還撈到一些漂浮在水面的澤蛙卵，小了許多。最初還以為是水蜘蛛下的蛋。不論是成蛙或卵，當時面對牠們，無知的我經常刻意傷害，行徑一如虐待動物的惡童。

後來，噴泉池常發出奇怪的巨吼聲，穿過學校的陰暗長廊，形成深沉的回音。我猜想那是蟾蜍的叫聲。但在長廊迴盪時，像是魍魅之吶喊。獨自經過時，總是毛骨悚然。有一陣子，像是做了虧心事，還遠遠地避開那兒。

西邊校門的兩座噴泉池，那兒樹種比較複雜。我印象最深刻的有雀榕、第倫桃、木棉花和油加利。這些樹的名字都是後來長大才識得，小時卻清楚知道它們的果實形容，可以用來玩什麼

遊戲。

　　第倫桃果實又大又硬，像顆準硬式棒球，在那個貧困的年代，我們特別撿來當棒球，練習揮擊。雀榕經常落葉，光禿的樹幹卻常結滿橙紅的果實，吸引許多白頭翁和麻雀的到來。大家總像獵人，帶著彈弓躲在旁邊的樹叢等候。

　　春天以後，木棉花的果實裂開了，露出許多棉絮。我和弟弟都採了許多，帶到樓上，比賽誰能讓它們帶著一粒種子，隨風飄遠。油加利樹也有許多種子掉落在地面。每過一陣子，我都會去樹下撿拾大而完整的，把這些長相類似跳棋的種子當做士兵，在家裡玩起軍隊打仗的遊戲。

　　這兒也是肚猴的土洞最多的地方，我常整個下午都在裝水灌洞，捕捉這些看似不會鳴叫的肥胖蟋蟀。有一回，也不知從哪兒學來的想法，還偷偷地生了火，試著烤牠們吃。那味道十分深刻，有點像煎過的年粿。

　　當我在最大的油加利樹撿拾果實或者灌肚猴時，經常會聽到上面有斑鳩的低沉咕鳴聲，猜想牠可能在那兒築巢，但我始終無法爬上去觀看。

　　我爬過最高的樹在東邊角落。那兒是一處遊樂園，連接著游泳池。遊樂園裡有單槓、溜滑梯、盪鞦韆和旋轉圈。幾十棵榕樹在此連接成一片樹篷，把天空遮住了。我常學泰山，從一棵爬到另一棵。直到有一回，看到一棵茄苳樹，樹上爬滿了全身長毛的毛毛蟲。這種毛毛蟲長相噁心而可怕，此後對爬樹的興趣就消失了。

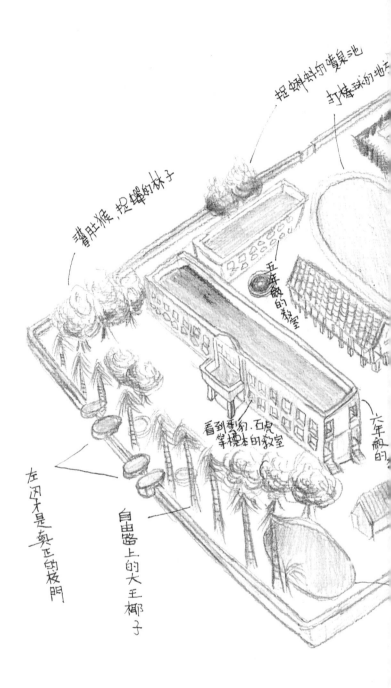

捉蝌蚪的噴泉池

打棒球的地方

諸葛社猴,捉蟬的林子

五年級的教室

看到豹、石虎
等標本的教室

六年級的

左邊才是真正的校門

自由路上的大王椰子

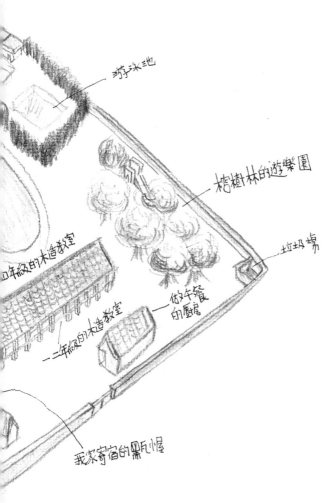

1967年以前的大同國小

游泳池

榕樹林的遊樂園

垃圾場

□年級的木造教室

二年級的木造教室

做午餐
的廚房

我家寄宿的黑瓦帽

捉蜻蜓的池塘

年長後，有一回，在電視上看到有一所鄉下小學，茄冬樹很多。樹上就有那種毛毛蟲，把孩子們弄得又痛又癢。這才知道那是毒蛾科的毛毛蟲。

　　不爬樹以後，我注意到地面的沙土裡有一種奇特的動物，吸引了我很大的興趣。牠們在沙上製造出一個個小凹洞。當螞蟻經過這些凹洞，不小心滑進去時，下面總會伸出一對怪手，將螞蟻拉進沙土裡。

　　撥開沙土檢視，原來是一種像蜘蛛的小動物。我後來捉了好幾隻，在家裡飼養，每天還捉螞蟻，餵食牠們。國中時，有一回轉到電視的動物奇觀，終於知道牠就是大名鼎鼎的蟻獅。

　　我們全家寄宿的校舍，是間倉庫分隔出來的黑瓦小屋。隔壁還有二位老師的小家庭寄宿。倉庫旁邊有一個大池塘，池塘旁邊立著一棵垂柳。爸爸常去釣魚，那兒有許多種蜻蜓，但我特別注意到一種身上有著黑黃相間，像老虎斑紋的大蜻蜓，在噴泉池不曾出現過。

　　秋天時，操場總有成群飛舞的黃蜻蜓，我弄了一個捕蟲網，喜愛在操場上追捕，但卻逮不住池塘的大蜻蜓。長大後，知道牠叫粗勾春蜓，只在開闊的大池塘才會出現。後來，對大池塘特別鍾情，多半原因也是基於對牠的情感。看到牠時，總是開心地暗自喊著：「我的水塘回來了。」

　　天冷了以後，我多半待在住家前的門廊和童

伴玩紙牌。每次從黑瓦小屋的門口抬頭往上，就會看著校舍大樓的屋頂角。好像連續兩年的春節，那兒總會佇立著一隻黑色的大鳥。

　　大鳥總是抬頭挺胸，一如銅像般地遠眺，不像麻雀的傾斜姿勢。牠也不鳴叫，有時佇立許久，彷彿是屋頂的一部份。等到長大，識得多數鳥類的習性時，我深信當時看到的是一隻冬候鳥，藍磯鶇。後來，還情緒激動地寫了一首詩，歌詠這隻鳥呢！

　　國中時再回去，有些事物其實已經在迅速消失。操場縮小了，木造教室拆除了，遊樂園、噴泉池也不見了。自己的童年彷彿一個鼎盛的朝代，終於走到了頹敗的末期。最後，當倉庫的黑瓦小屋也剷平時，我就很難再回到那兒。

棒球小子

你有沒有縫過棒球？

用一根粗大的鐵針，附著線，辛苦地在球線磨損的部位來回穿引，像修補破襪子一樣，把它慢慢縫合。

小學畢業那年夏天，不打棒球時，這是我最常做的工作。那時，第一代金龍少棒隊繼紅葉少棒之後，再度打敗日本調布少棒隊，準備到美國去參加世界杯。全台灣的少年，都陷入打棒球的狂熱風潮。

我手裡縫補的棒球，當時被稱為「準硬式棒球」。平時，我們打的多半是軟式棒球。軟式棒球一個市價約十塊左右。十塊在當時已經非常多錢。準硬式棒球更是貴得嚇人，據說一個都要上百塊。縱使是學校的少棒隊員，使用這種球時也是一縫再縫。實在無法縫補了，才會放棄。

我手上縫補的，正是學校棒球隊打爛，廢棄不要的。它們多半是由隔壁的阿穗帶回。阿穗的父親是台中忠孝國小棒球隊的教練，叫曾德銘，曾經帶過好幾代的金龍少棒隊，可惜都未拿過冠軍。阿穗常在學校的棒球隊打混，要拿到這些球並不困難。有一、二回，阿穗偷偷地帶出球線只略微鬆脫的回來，我們還興奮地視為珍寶。

可是，縫好球後，也很少使用，因為捨不

得。平常時間裡，大家繼續用軟式棒球練習。只有到正式比賽時，才會拿出來。

平常練習都在自己的基地。我們的基地分好幾處，最早是在一處鐵工廠的空地。印象最深刻的一回，有一天練習時，突然出現了一位體型相當高大而皮膚黝黑的原住民少年。他聲稱自己就是王志方（真正名字記不得了）？王志方是紅葉少棒隊的主力球員，而且昨天才在台北把日本少棒隊打敗，怎麼可能今天就在這裡出現呢？

我們不免帶著相當的疑惑。他為了證明自己，當場就表演投球給大家看。他的身材相當魁梧，想必投球的能力不差。但是，誰來接球呢？大家都有些畏怯，紛紛寄望於阿穗。畢竟，他是學校少棒隊的候備捕手，平常在學校都跟著球隊訓練。

阿穗也躍躍欲試。於是，當場就在鐵工廠的空地表演接捕。王志方投球果然虎虎生風，而且速度奇快；有時連阿穗都接得面有難色。更可怕的是，暴投不少，嚇得沒有人敢上到打擊區練習揮棒。他投了幾球後，不知為何，就迅速離開。到底他是不是真正的王志方？這個問題持續到我們長大，一直未有定論。

我們還有另一塊基地，位於自由路尾和三民路交接的公館大空地。旁邊有一排新公寓。有一回，日本和歌山少棒隊來台中比賽，就住在這排公寓，一位日本人的家裡。當他們打球回來，我們都圍聚在屋外等候，觀看。一來從不知日本球

員長什麼形容，十分好奇；二則猜想他們的球具相當新，一定是發亮的牛皮。

有一次，公寓主人攜著垃圾桶出來。我們尾隨過去檢查。從翻倒的垃圾裡，發現了一塊運動用的大型撒隆巴斯。還記得剛取出時，都驚訝地面面相覷。當時台灣也有撒隆巴斯，只是都不到一個手掌大。這一塊幾乎包住了我的小腿。

光憑這樣一塊撒隆巴斯，我們對日本少棒隊的裝備就充滿了許多幻想。尤其是左撇子的我，始終不曾見過右手手套的長相，更別說戴過。每次比賽我都是用別人送的左手手套，硬是套在右手接球。

右手手套長什麼樣子呢？遂成為我小時最想看到的運動器材。我一直以為會在日本少棒隊身上碰到。沒想到，連個少棒選手的身影都未接觸。後來，直到長大賺了錢，幫自己的孩子買手套時，才買到了一個真正的右手手套。

居仁國中的外操場，日治時代叫幸球場。這裡則是我們的大本營。本壘板右邊圍牆的一排榕樹，以前是我們的休息台和觀眾區。上面的樹幹釘了許多木板，讓人可以爬上去觀看。榕樹下常有賣枝仔冰和香腸的。

它的左外野有一座防空洞，洞口已經封閉。有時我會躺在上面觀看球賽，或者放風箏。那兒野草也最多，天空常有黃色的蜻蜓，成百上千地飛舞。右外野是籃球場，有一道鐵絲網隔開。如果球能飛出鐵絲網，就算全壘打了。但我的記憶

裡，從來沒有人打出去過。中外野有一棵油加利樹，夏天的黃昏，常有一隻斑鳩飛到那兒咕咕叫。油加利樹後有一排居仁國中老師的宿舍，也算全壘打牆。宿舍後則是一座宏偉的武德殿，駐紮著一隊憲兵。可惜，國中還未畢業，那兒就拆除了。

周末時，就是我們到各地正式比賽的日子。什麼是正式比賽呢？所謂正式比賽，就是到大場地和其他隊伍較量高下。我們遠征的場地，主要在操場寬廣的台中師專。我們稱那兒是「大戈壁」。相對於幸球場的青綠色草原。那兒實在太遼闊，又無草皮，只是一片黃土。

當時，敢到大戈壁較量的隊伍，若非訓練有素的隊伍，根本不敢現身，因為每場比賽都是要賭博的。兩隊互賭，旁邊賣香腸和冰棒的小販也賭。

這時準硬式棒球一定會隨身攜帶。它不但用來比賽，有時也是賭注的好禮物。當時的賭品還有球棒和手套。我們常贏得球棒和手套。但是，也輸了好幾顆準硬式棒球。

在這種比賽裡，各隊往往是精銳盡出。投手一定是國中，甚至高中的青少年。內野手多半也是國中生。像我們這樣五、六年級的，都被迫站到外野去。那些國小三、四年級的，也只得坐壁上觀，躲在樹下品頭論足。

平常，我守的位置是一壘手。到了正式比賽，也只有到右外野的份。熟悉棒球的人都知

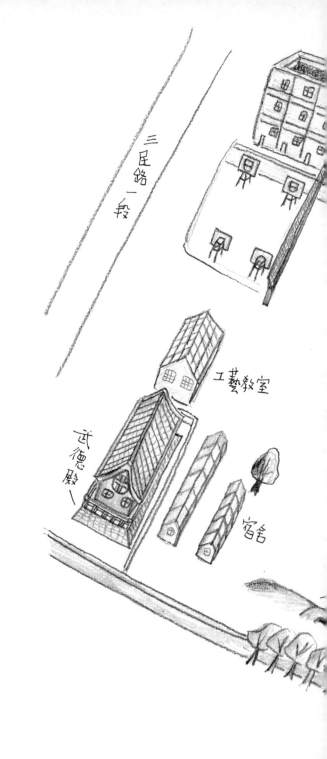

三民路一段

工藝教室

武德殿

宿舍

居仁国中老師宿舍

康樂街

求場

空洞

府後街

■幸球場周遭的環境

道，在少棒賽裡，這是一個最不可能有球到來的地方。

其實，也不止如此。由於主力戰將都是個頭高大的投手、捕手和一壘手，外野手往往像稻草人站在田裡，做個樣子而已。大家都在看投捕表演。經常九局下來，沒幾支安打。比數也常是1:2或1:0這樣差距不大，分數也不會太高。得分情形往往也不是安打得到的；多的是投手投出觸身球，或者是保送、暴投的結果。

當時，我的個頭矮小，必須握短棒才有力量揮擊，但是卻排在第二棒。現在職業棒球裡，我們常看到打第二棒的隊員有時功夫不比第一棒的差。像紐約洋基隊的明星游擊手基特就是相當可怕的打者。

爲何我能排在前面棒次？原來，我還是左打者，大家總以爲投手會比較不適應，保送的機會很高。所以，每次上場，隊裡的老大們總是再三交代，站在那裡，握短棒，裝個樣子就好。我的命運往往是保送，要不就是三振。說眞的，隊友不指示，我也不敢揮棒，因爲以當時的能力，根本打不到這些國中生投手的球。更何況，那是準硬式棒球，縱使有機會，勉強揮擊到了，手臂和虎口往往也被震得發麻。

只有一次，在居仁國中的外操場。對方不知爲何，突然換了一位個子矮小的投手。我欺負他弱小，不管老大們的命令，硬是揮棒。這次揮擊運氣也眞好，打出去的球竟飛越三游之間。那顆

球的皮也明顯破了，彷彿初長出羽毛的鳥，第一次學飛，不斷地拍翅。飛過了防空洞。我快速地奔跑，竟然跑出了一支三壘安打。

那是小學最後一個夏天，所打過最重要的一支安打。我永遠記得這次揮棒的感覺。在球棒碰觸到球的那一刹，那樣地堅實而有力，整個人突然充滿了巨大的滿足。

等我年紀漸長，每次回台中老家，想起少年時代打棒球的日子，我總是會到幸球場佇立，觀看現在的孩子打棒球。而那一年夏天，我從本壘快樂地奔向三壘，同時，一顆有些破皮的準硬式棒球，沉重地掠過天空。這樣的情景，相信也會在我年老時，不斷地再浮現。

山城捕蝶

　　阿雄是就讀居仁國中時的同學，家裡開了一間藝品特產店，位於中山路和自由路的路口。

　　當時，這條不過十公尺寬的路，路邊兩排三層樓高的店面，可是台中市最熱鬧的繁華商街。他家的店名叫「文化特產行」，主要賣骨董、字畫等古物，還有本地的文化藝品。平時，客人似乎不多，猜想主要的買者可能都是外國人，尤其是日本觀光旅客。

　　還未認識他之前，家人到市區逛街，經常經過。對他家店面的招牌印象便十分深刻。那是一個很大的聖誕老人看板大圖，佔滿二樓以上的樓層。聖誕老人揹著大袋子，擺了一個彷彿從天空滑下來的姿勢。

　　那是孩提時，第一次看到的聖誕老人。年少時，一直相信，這位聖誕老人勢必跟他家有特殊關係。後來，到他家玩耍，都會仔細尋找，看看是否有相關的物品。彷彿聖誕老人都把禮物堆放在他家，包括他們家的藝品也和聖誕老人有關。

　　國二暑假時，阿雄約我到埔里捉蝴蝶。原來，他們家和埔里一位專門捉蝴蝶的人有生意往來。捉蝶人邀他暑假時到埔里。能夠捉蝴蝶，自是非常興奮，當下就答應了。

　　那天一大早，兩人便從火車站搭乘公路局，

一路搖晃，坐了近兩個小時，才抵達埔里。那時，埔里有不少大人專業在捉蝴蝶。最有名的就是後來開設木生博物館的館長余清金。許多小孩也都利用暑假，進入山區捉蝴蝶，幫忙賺取生活費。

銀紋淡黃蝶

抵達埔里小鎮後，我們循地址找到捕蝶人的家。捕蝶人發給我們各一枝捕蝶網，然後駕一輛小貨車，載我們前往一處著名的捕蝶區域。那地點在何處，已經記不清楚了。只知道車子又出了埔里，繞了好一陣山路，在一處開墾的田地停下來。捕蝶人神祕兮兮地告訴我們，這一個地點是他的老地盤。通常他是不會隨便透露，以免其他捕蝶人偷偷跟來。

起初，沿著一條山上的產業道路健行。泥土路上，隨時可見到菜園、果園，色彩鮮豔的蝴蝶非常多。鳳蝶、斑蝶之屬尤其豐富。網到蝴蝶後，捕蝶人隨即教我們，如何看準蝴蝶的胸部，當下捏死，放入袋子。這樣子做是為了預防蝴蝶掙扎，把翅膀弄壞了。初時，很驚駭。但看到隨行的埔里小孩，動作都十分嫻熟，只能強裝勇敢。不久，殺了幾隻後，真的也習慣了。

走過一段開闊的高原後，隨即進入悶熱而陽光充裕的山谷森林。森林裡有一條小溪。溪不寬，但卵石纍纍，溪聲汩汩，非常喧嘩。溪邊的森林也是鳥聲唧啾不斷，形成相當熱鬧的場面。沿著溪邊一直走，不時有蝴蝶越過上空，或

捉蝴蝶時所看到的瀑布景像

者迎面而來。捕蝶人的網技非常高超，只要迅速把網子往空中劃個 "8" 字型，凡是飛近他身邊的，都難逃落網的命運。我們也捉了不少。

最後，抵達一處峽谷，一處蓊鬱的森林。只見森林層次多樣，由瀑底到最高處的稜線，呈現各種深淺不一的綠色。一道瀑布轟隆傾瀉而下，彷彿整座森林的馬達，因為它的強力運轉，森林展現了旺盛的活力。陽光則溫煦地射進來，映照出一條美麗的彩虹，以及明亮而斑駁的光痕。

後來年紀大了，每次看到蓊鬱的峽谷森林，陽光打到樹林陰暗底層的落葉、樹幹和苔蘚地面時，都會緬懷起這次的美麗場景。

在這處山路盡頭，終於看到了生平最多的蝴蝶。牠們少說有二、三千隻，像一團天空灑下來的彩紙，紛亂地在林子裡到處翻飛，彷彿迎接我們的到來。長尾翩翩、色彩豔麗的鳳蝶、喜愛滑行、到處梭巡的三線蝶，以及色彩奪目，光怪陸離的斑蝶都來了。我們張大眼睛，不敢相信這裡就是台灣，但也說不上來，這應該是哪裡？

捕蝶人似乎生怕我們聽不到，大聲在旁邊說：「現在已經比以前少很多了。」

少很多？那麼，過去會有多少呢？我沒有追問，但聽他這麼一說，更感到不可思議。

捉蝶人未再多說話。他在溪邊的沙灘上，挖掘了一個圓形的大淺穴。然後，在淺穴上尿尿，並放置了兩隻死去的黃色小蝶。沒多久，奇妙的事發生了，林子上空竟有一些黃蝶紛紛降落。後

來，才知道，牠們大概是因受到尿液中的氨氣引誘，飛過來集聚。

黃蝶集聚滿了後，捕蝶人悄悄過去，迅速將捕蟲網覆蓋在洞穴上，便將蝶群一網打盡。他一邊捉蝶時，一邊說以前用這種方式捕蝶，運氣好時，一天可以捉到五、六千隻呢！

有時，他們也用腐爛和發酵的鳳梨或木瓜，放置在林間空地上、樹幹上代替樹液，藉以吸引一些暗色不同種的蝴蝶。

捉了一個早上後，中午就把當天捕獲的蝴蝶全部帶回店裡。捕蝶人把所有蝴蝶帶回來，擺在一張大木桌分類。所謂分類，並非科學的認識種類。主要是把一些色澤和圖案相似的擺在一堆，如此可以製作藝品圖案，賣到好價錢。

當然，有一些種類比較特殊的，他也會挑選出來，逐一唸出種類的名字，然後興奮地跟我們說，「這一隻價錢很貴。」他光是整理蝴蝶的分類就費了好一陣功夫，猜想對蝴蝶的知識一定十分嫻熟。只可惜，沒有時間教導我們。

那天傍晚，搭車回家後，對蝴蝶開始產生興趣，想要嘗試找一些書來翻讀。隔天跑到中央書局二樓，翻尋了許久，除了什麼《世界奇特昆蟲》、《奇妙的昆蟲》這一類，介紹昆蟲特殊長相和行為的書籍外，根本沒有相關的本地自然生物書籍。

然後，翻查地圖，想知道去的地點是哪裡，也找不到資料。到底是北港溪的哪一條小支流，

著實弄不清。一時間，腦海裡浮現的全是捕蝶人，有些緊張的臉色。

我彷彿想要遠行的人，站在茫茫的海岸，卻連一艘出海試航的小船都不可得。如此一個稍稍萌生的，對蝴蝶產生樂趣的小火苗，就這樣輕易地被澆熄了。

年紀大時，不斷假設過，如果當時手上有一本蝴蝶圖鑑，不知自己未來的人生會如何？會不會像法國昆蟲學家法布爾一樣，一輩子都迷戀於昆蟲的世界呢？或是像日本博物學者鹿野忠雄，開啓了探險生命的精彩樂章？

儘管這些都不可知，但自從那次捕蝶以後，我才注意到，阿雄家的聖誕老人，旁邊有一隻小蝴蝶和甲蟲。長大後，卻意識到，冰天雪地的環境，怎麼可能有蝴蝶？或許，他們家要做生意的關係吧，這個有趣的畫面，唯有他們家的聖誕老人才有呢！

逃學到遠方

　　每個城市，都有幾條逃學的路線，通往空曠的地方。

　　它可能是搭乘火車，也可能是巴士的路線，更有可能是騎單車的旅行。少年時代，我也有一條逃學的路線。

　　印象最深刻的是第一次，那是國一上學期，有天下午放學，突然不想到補習班上數學課。為什麼會抗拒？其實也說不清楚，大概是書讀得厭煩了吧。

　　那天放學後，並未按過去的習慣，直接騎腳踏車到補習班，反而帶著一絲奇怪的快意，快速地經過校門。然後，沿著台中市最熱鬧的自由路繼續往下，朝著人車漸少的南屯鄉間騎去。

　　當時電話並不多，也非每一家庭都能夠安裝，補習班也不會管得緊，要逃學其實很容易。我騎得很遠，先跑到經常釣魚的土庫溪，沿溪循行一陣。再繼續往下騎，前往犁頭店街。

　　進入這條老街，總以為抵達了另一個遠方的城鎮。相對於繁華的台中市街，老街有一種緩慢的、蒼老的熱鬧。我特別記得那些五○、六○年的老店，賣豆腐的、打鐵仔的、做米麩的、開百貨的，還有中藥鋪，因為以前總會在這裡的柑仔店買零食吃。過了市場後，老街的熱鬧也遠了。

靜寂中，又經過一些稻田，遠方有稀疏的草葫、水牛和農厝。最後，隻身抵達了筏子溪橋。許久才有一輛小貨車經過。

筏子溪是國小時，和玩伴騎腳踏車釣魚，尋找釣場，去過最遠的地方。那回我抵達筏子溪橋頭時，一位釣魚人正拎著釣具上岸。他看到我緊盯著溼淋淋的魚籠，乾脆掀開蓋子展示成績。一尾鱔魚在魚籠裡驚恐地竄動著，滑溜的肚腹泛著黃橙亮光，似乎透露了筏子溪的豐饒。我們好像發現了大釣場，興奮地吼叫。第一次逃學，就不自主地選擇這裡做為終點，想必是懷念當時的經驗。

我站在筏子溪橋上，往下尋找釣魚人。岸邊空蕩蕩地，空氣間瀰漫著無風的清冷，假如蕭索可以有味道，應該就是這樣。一個人孤單到來時，整條溪似乎更清楚了，而且更遼闊而空曠。上回來時，溪水在我的腳前，澎湃地流過，現在改道了，集中於河床的另一側，無聲而衰弱地流著。其他地方都是疏草散布的鵝卵石灘地。對岸則是灰濛濛地，呈現一股荒涼而破敗的氣息。

拎著書包，走到河隄，隨意選了一處斜坡坐下。本能地想取出書本，抽到一半又放了回去。不知要做什麼地過了一陣，隨意拔了幾根白色的甜根子草，好奇地呼氣，讓芒花隨風翻飛。隨著芒花慌亂遠離的方向望去，台中城籠罩在一層低矮而灰黃的霧氣裡。

後來，起風了，冷清的感覺變得有些溼重，

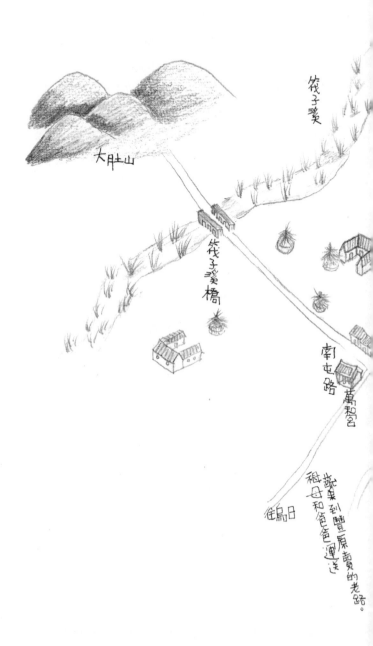

筏子溪

大肚山

筏子溪橋

南屯路

萬和宮

往烏日

蔬菜到豐原賣的老路。

祖母和爸爸運送

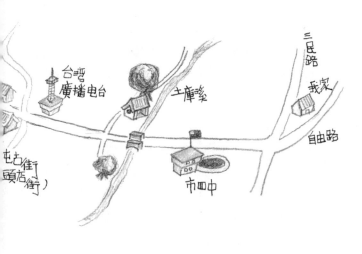

台灣
廣播電台

土庫案

三民路

我家

自由路

屯亡街
頭店街)

市四中

國中時逃學的路線

不舒服地裹著衣服，又豎起衣領。但仍持續仰頭，眺望著溪、溪的遠方，以及夕陽。

暗黃的天色間，一些白色的鷺鷥緩緩地低飛過溪床。接著是青灰羽色的夜鷺，呱叫飛起。這溪岸風景或許尋常，後來卻是十八歲時，最早寫詩的重要意象。假如十五歲就會寫詩，相信也是如此。

茫茫四顧一陣，覺得身子禁不住了，且蹲得有些痠痛。這才起身，沿隄防慢慢地折回公路。回程時，經過老街，買了一個熱包子填肚。又去了土庫溪，在那巨榕的土地公廟駐足。

這裡是我釣鯽仔、鮕仔和土殺的大本營。幾個四、五歲的小朋友在廟前玩耍，他們的母親圍聚在不遠的卵石灘淺塘，捶搗著衣物。我走到旁邊的水圳取水口，衣物沖洗後的泡沫堆積在那兒，疊成污濁的廢水。很懷疑，下回來釣魚時，還會有什麼。

晃蕩了一陣後，盤算著補習班放學的時間也到了，我也騎車離去，準時回到家門。沒人知道我去了哪。

這樣的逃學，事後回想，並未覺得高興，反之，更加感傷吧。畢竟無法再整天騎很遠的路，穿過一個小鎮，到遙遠的大溪釣魚。這個意識讓我清楚了然，自己的童年已經過去。

但說也奇怪，一旦有了第一次的逃學，似乎就上了癮頭。周末假日，有時不想在家溫習功課時，也常去那裡，坐在溪邊胡亂看書。國二下

時，阿雄約了兩個女生和我，特別去釣魚，走的也是這條路線。但那時和女生聊天的多半是他，我只顧釣魚，而且釣得特別多。

高中以後，例假日時，我繼續和他騎腳踏車，拎著籃球和課本，在這條路線往來，認識了一堆打籃球的朋友。那時，我仍不自主地會在車上綁著釣桿備用，只是就未再拆下過，也從未再去過老街以西的地方。最多只去了土庫溪。一來溪水的環境似乎變壞了，再者自己對釣魚的樂趣也已消失。畢竟，釣魚需要很大的空閒時間，讓自己在環境裡，享受一種奇妙的和天地對話的孤單，那不只是釣到魚而已。我很自豪，少年時代就隱約體會這種樂趣。

當完兵後，有了一副望遠鏡。筏子溪也成為早年開始賞鳥的重要路線。第一次看到紅冠水雞群，遇見大白鷺，就是在這條水域記錄的。而最初隨林衡道老師學習古蹟探源，頭次走訪的老街也是犁頭店。

那次隨林老師去採訪時，或許是老師講得栩栩如生，整條老街的過去彷彿重現，和我孩提以來的經驗，有著更加緊密生動的結合。

原來，和南屯老街交會的萬和路，是昔時橫越台中盆地的古道。往南走，就通往我出生的烏日，以及母親娘家的彰化城。以前祖母和父親運梨仔瓜，一大清早從烏日到豐原市場販賣，有時走的也是這條路線。

清楚了這段歷史，隨著自己的年長，後來對

犁頭店始終抹不去，一種古老的小鎮情愁。但印象最深刻，經常浮升在腦海的，仍是少年時那條逃學的路線。孤單地騎著單車，經過小鎮，去了遠方釣魚。

大白鷺

孔雀魚之戀

弟弟在筏子溪釣到鱸鰻，回來時成為街坊小朋友的英雄，這事讓我羨慕死了。

那時是國小五年級暑假，沒隔幾天，我也和鄰居的玩伴興沖沖地騎著單車，遠到那兒垂釣，希望獲得同樣的好運。但是，我的魚勾只適合釣鯽魚。結果，被一些貪吃的溪哥戲弄了一整天，只釣到兩、三尾小魚，敗興而回。

大概是那次起吧，我逐漸放棄了釣魚的興致，而爸爸每次釣魚時，結伴的也都是耐心十足的弟弟了。不過，那次試圖釣到鱸鰻的旅行裡，卻意外地點燃了我另一個嗜好。

那天釣不到任何大魚下，在旁邊的小溪玩耍，意外地捕捉到一些孔雀魚。這些孔雀魚長相類似大肚魚，身長不到二公分；但雄魚長大後，身體呈現變化多端的色彩。以前捉到大肚魚，總覺得稀鬆平常，不會想飼養。這些體型類似的小魚，卻讓我想起台中公園管理處旁邊，那口水池的金魚群。

到了例假日，許多小孩都愛圍聚在池邊觀賞金魚。每次和家人去，我也常在那兒徘徊不走。公園的管理處大概是怕人偷走金魚，特別在柵欄裡的池面加了一層鐵絲網。一想到那些可愛的金魚，我禁不住誘惑，便把孔雀魚帶回家飼養了。

那時家裡沒有魚缸，也沒有適當的容器，我如何飼養這些孔雀魚呢？我的想法十分天真，就在院子前，挖了一個小水池，灌水。再把捉回的孔雀魚放進去。可是，隔天早晨醒來，跑去看時，水已經漏失，所有小魚都死了。我很難過，卻不灰心。沒多久，再去筏子溪撈了二十多尾。這回我跟媽媽央求了一個臉盆，就這樣開始了飼養孔雀魚的歲月。

　　孔雀魚吃什麼呢？等上了大學，才知道，牠是外來種的小魚，當初引進來，主要是用來捕捉孑孓，防止蚊子帶來瘧疾之類的傳染病。但那時，我並不清楚。有一天，在水族店看到金魚吃紅蟲。我就跑去附近的廢水溝，撈水底的紅蟲給小魚吃。剛開始撈，不知保護雙手，還常弄得紅腫。

　　那時去一些比較有錢的小朋友家裡，他們的院子都會擁有一個水池。水池裡，往往做一些假山假水的造景佈置。為了讓孔雀魚有一個舒適的家，我也有樣學樣，在臉盆裡放一些石頭。還刻意做幾個山洞，讓魚群有休息、躲藏的空間。不久，我還捉了一些小蝦，讓牠們作伴。

　　那陣子，我也常跑水族店。後來，注意到金魚缸裡總有一、二株水草。我開始替自己的孔雀魚感到委屈。但是，水草從哪裡來呢？有一次，我鼓起勇氣問老闆，水草多少錢可以買到。我感覺，他鄙夷地瞪了我一眼。然後，比出一株十元的手勢。當時的十元可比現在的百元。我聽了彷

佛做錯了什麼事般，羞愧地奪門而出，久久不敢再進入這家店裡。

沒有水草，怎麼辦呢？我騎單車，嘗試著沿住家附近的小溪溝尋找。好不容易，在一條乾淨的大水圳裡，發現了好幾種水草。有的漂浮在水面，有的潛藏在水下。

我彷彿挖到寶藏般，除了幫孔雀魚佈置了一個充滿綠意的家園外，還向其他小朋友吹噓，準備賣水草和他們交換玩具。只是，其他人對飼養孔雀魚的興致並不高。當然，我也一株水草都未賣出。不過，後來走過水族店時，我卻覺得自己總是一臉趾高氣昂的神情。

養了大約一年，孔雀魚的數量時有增減。秋天開學，牠們暴增到六、七十尾。冬天時，數量卻剩下十來尾。到底是食物不夠，還是一種生長循環，我也搞不清楚。後來忙著上學、打棒球，就疏於照顧。只有在星期天時，才會蹲在臉盆觀望。

上國中時，我更覺得自己無力飼養了。想要送人，又捨不得，怕人家虧待了。於是，選了一個陽光明媚的好日子，將牠們和水草裝上一個塑膠袋，準備拎到大水圳放生。但那天抵達大水圳時，那兒竟已變成排放污水的水溝，水草也消失了。我只好再騎單車，帶牠們回到老家，筏子溪。

我只留了兩尾，一公一母，用透明的小玻璃罐裝著，裡面也擺了一些小石子和兩、三株水

草。那罐子就放在書桌前，按時換水，偶爾放一、兩粒磨碎的米。每天放學回來，溫習功課，累了時，就靜靜地觀望牠們。雖然這是沉默的世界，我卻好像用心靈在和牠們溝通，有種很快樂的滿足。

牠們何時自書桌消失的，我已經忘記。只是後來長大時，特別會緬懷。為何如此？猜想是，牠們曾陪我渡過生活單調的國中歲月吧。

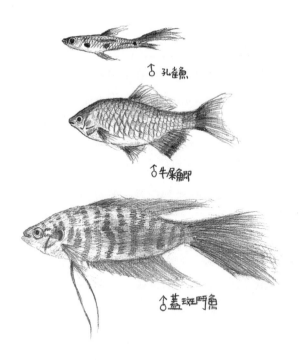

↑ 孔雀魚

♂ 牛屎鯽

↑ 蓋斑鬥魚

◙ 我飼養的魚

溯河旅行

高一下學期還未結束，阿泉和我已經在計劃暑假的旅行了。

每天下課時，都利用那短短的十分鐘跑到圖書館，從報紙裡尋找露營的地點。有一天，我們從報上偷偷地剪下了一則石門水庫的消息，讓大家輪流傳閱。

這則新聞報導，從石門水庫可以搭乘遊艇，沿大漢溪上溯。上游有一個叫阿姆坪的地方，適合露營。新聞裡還特別強調，水庫上游，兩岸風光明媚，有些地方景觀壯麗如長江三峽。

如此生動的描寫，當然讓人心生嚮往。儘管當時的交通資訊並不充足，沒有旅行地圖，更無現在市面常見的各種旅遊指南，但我們還是率性地出發。

那天一大清早，每個人都揹了背包和露營的器具，先從台中搭乘火車到桃園，再轉乘桃園客運。抵達石門水庫後，在旁邊的小吃店用完午餐，就到水庫下方的碼頭排隊，等候遊艇。

星期六的碼頭非常熱鬧而擁擠，水庫似乎沒什麼管制，遊艇不斷來回。一靠碼頭時，只要人滿，隨即開船，沿大漢溪上游溯河而上。通常，遊艇航行來回二個小時，遊客可一路欣賞河岸的山光水色。

好不容易上了船，我們搶坐在船首，各自像鐵達尼號男主角一樣的興奮，以為世界正在為自己展開一道美麗的窗口。

只見河面開闊無垠，果如長江之浩瀚風光，遠方則山巒層層錯落，交疊於白雲深處。我們彷彿進入了大陸，或者某一遠離台灣的異域，親身感受到課本所無法提供的地理環境。

遊艇逐漸上溯後，兩岸逐漸變得狹小。河岸不斷露出禿裸而奇特的灰泥台地，有時則呈現風光旖旎的梯田景觀。這些鄉間的綺麗景致，都讓未來的旅行充滿期待。

船主知道我們要來露營，特別提醒，若決定了地點，想要在哪裡下船，他就會設法把船靠岸。經此確定，大家開始仔細地巡視河岸，希望找到適合的位置。

原本想挑個梯田的環境上岸，但後來的行程裡，兩岸都是隱密的森林，只偶爾出現橫陳著枯枝樹幹的泥灘地。要不嫌腹地過小，就是覺得坡度不適合。大家意見紛紜，很難定論。後來，船主不耐煩了，不斷催促。碰巧左岸出現一處裸露的大台地，於是就倉促地挑定了那裡。

船主泊靠岸邊後，讓我們下船，隨即頭也不回，將遊艇往回駛了。望著遊艇離去時，大家都有些悵然若失，總覺得如果再尋視幾番，應該會找到更適合的地點。等回頭，再面對這塊大台地時，更發現，選錯地點了。眼前豈是一片灰暗的台地，根本就是爛泥灘。才啟程，就陷入辛苦地

跋涉，嚴重者連膝蓋都沒入爛泥裡，不得不倒退回岸邊。

怎麼辦呢？正陷入進退兩難的困境。有人建議，向經過的遊艇招手，但又擔心還要收取一次費用。更何況好不容易來此，怎麼可以輕言放棄呢！

後來，阿泉提議一個好方法。大家撿拾了一堆岸邊的漂流木，沿著預定要走過的路鋪設，然後，各自站好一個適當的距離，再把背包和食物，逐一遞送到草叢。如此耗費了近一個小時，才脫離了這段近百公尺的泥灘區域。上了草地後，又花了一段時間，清除褲腳和鞋子的污泥。

草地上雖然視野不錯，但位置有限，不適合紮營。七嘴八舌，爭論了一陣後，又得往上爬。走進林子，赫然發現，眼前是一段陡峭的密林，坡度近乎七、八十度。一段不到五十公尺的路，又花了一個小時的探路和開路。過了峭壁，勉強找到一處平台，卻只能容下一頂帳篷。

為了尋找到一處適合紮三頂營帳的平地，只得繼續咬牙，往上攀爬。這時天色已暗，密林裡到處都是黑白相間的斑蚊，一路摸黑也就認了，還被叮得慘不忍睹，不免叫苦連天。

狼狽地穿過了密林，終於找到一處平緩的空間。大家忙亂地敲打營釘，豎起帳篷後，才開始煮晚餐。所幸，一路就揹了大袋子的水，要不連晚餐都無法煮了。

到底露營的地點在哪裡？沒地圖，沒指北

針，老實說，根本不知確切的位置。只能猜想，可能離阿姆坪不遠了。晚餐很簡單，就是一大鍋子蔬菜、香菇和肉醬，水一滾，都紛紛加入煮熟的麵條裡。或許是餓了，大家吃得津津有味，沒二、三下，就一乾二淨。

吃完晚餐，阿泉摸黑進入林子扛回一些枯木，在空地上生起了營火。有人拿出家裡偷出來的高梁酒，大家圍坐著，興奮地喝了一口。還有一位私校的，帶了兩根香煙，一些人好奇地輪流地吞吐著。我在外頭煮綠豆湯。綠豆湯煮好了，卻也沒人喝。雖然疲憊，大夥兒都毫無睡意。後

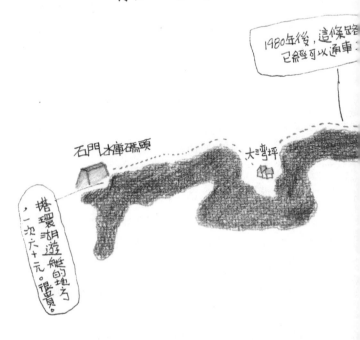

上溯大漢溪的探險圖

1980年後，這條路已經可以通車：

石門水庫碼頭　　　大灣坪

搭環湖遊艇的地方，一次六十元。很貴。

來都進入營帳打撲克牌。

　　我待在營火旁發愣，烤地瓜，凝視滿天的星星。很清楚記得，那天一直在夢想著，希望有朝一日，能夠獲得一個好的睡袋和登山背包，因為旁邊就有人帶了。我帶的是一條平常用的薄被單。後來，鑽入營帳，但薄被單未拆出，就趴在背包睡著了，依稀間只聽到大家打牌的笑鬧聲。

　　隔天醒來時，發現大家都睡得東倒西歪，取出睡袋的不過二、三人。大家似乎都熬到清晨才入眠。我再把綠豆湯熱燙，獨自吃了一大碗。大家聞到煙味才逐一醒來。

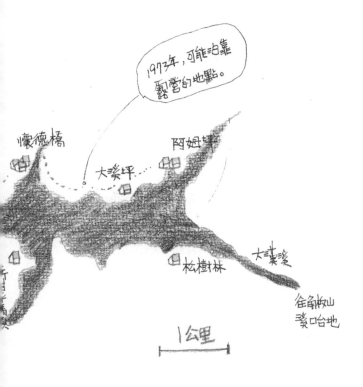

吃過飯後，天色大亮。四顧周遭，林木茫茫，毫無山路跡象。拔營後，只好繼續往上探查，希望能遇到一條通回水庫的路徑。昨天來時，船主曾經說過，沿溪有一條產業小徑，可以走回水庫。我們繼續遭到斑蚊的無情攻擊。

　　所幸，往上爬沒多久，果真遇到了一條小徑，和大漢溪並行，朝水庫而去。只是走了好一陣，不時遇見岔路，彎來轉去，頭都搞昏了。最後，不知為何，竟發現正在遠離水庫而非接近。又胡亂地摸索一陣，小徑模糊了，彷彿再進入更隱密的山裡。走到中午時，大家開始擔心回不去。

　　迷路了嗎？大家面面相覷，不相信這是事實。但有人開始懊惱，為何事先不打探好，瞭解一下路線。也有人擔心，萬一今天回不去，家裡一定會報警。儘管肚子都餓了，大家都沒心情進食，急切地想走出森林。

　　看著日頭逐漸西斜，更是慌張。隊伍裡開始有齟齬發生。一會兒抱怨選錯地點，一會兒又錯怪領隊，事先應該準備更詳細的資料。有一陣，意見紛歧到無法走下去。後來，我們試著圍坐下來，彼此面對，安撫彼此的情緒。未幾，阿泉提議，直接下切到湖邊，看看是否有遊艇到來，可以向他們招手求救。

　　這個意見被接受後，眾人開始尋找下切的地點。突然間，一個轉彎，竟看到一輛休息中的鐵牛車，興奮地衝了過去。鐵牛車的主人正在割

草，看到我們出現，起初還嚇了一跳。他碰巧要去水庫附近，乾脆將我們運送回去，這才結束了此次帶著點小小冒險的旅行。

回到水庫再輾轉搭車，抵達桃園火車站時，已經晚上八點多。南下的火車正好進站，大家像逃難的難民，趕緊衝上車廂。儘管未吃晚餐，但是一夜未睡，加上趕了整天的山路，每個人一躺進座位，都昏沉沉地睡著了。火車抵達台中車站時，居然是自己率先驚醒，大家才慌忙下車。

半甲子之後，那年暑假，就這件事記得最為深刻了。

老城老書店

　　祖母的舊木櫃，一直存放著二、三排父親年輕時代購買的書籍。裡面除了有徐志摩、朱志清的著作外，我也看到魯迅和老舍的作品。有時翻開這些書本，還會看到父親夾在裡面註了心得的書籤，以及朋友的短箋。

　　記憶中，幾乎每一本的最後，除了父親的鋼筆簽名外，多半還寫上購得書籍的店名。我看到最多的是「中央書局」。當時還以為是一家政府的賣書地點，直到有一回爸爸騎車載我去買雜誌，才知道那是市區裡的一家私人書店。

　　大概在升入高中那一年，我才約略對舊木櫃裡那些書本展開翻讀的興趣。那時，自己就讀台中一中。這所明星高中偏重理化數學，自己的興趣卻是文史科目。志同道合的同學無幾下，這個舊書櫃遂成為我涉取文藝知識的重要窗口。等我把裡面有興趣的書，都翻讀了好幾遍時，想要求取更多課外知識的欲望也萌生了。

　　於是，放學有空時，就開始往書店跑，彷彿那兒才是真正上學的地方。只可惜，台中舊市區的書店並不多，印象裡除了中央書局，擺放較多課外書籍，其他幾間諸如位於台中一中、台中醫院和台中火車站附近的，多半以賣參考書為主。那時中華路周遭也有幾家擺地攤的舊書攤，我偶

父親的書櫃

爾會去走逛，買一些禁書。

　　但最重要的地點還是中央書局。學校放學時，一星期總有一、二天，都會騎著腳踏車，沿自由路或三民路，繞到中正路。這間老字號書局，共有二樓。一樓多半是雜誌、文具和參考書。每次都把腳踏車停放在書局下的騎樓，肩著書包，逕自走上二樓。

　　當時，走逛的都是非參考書的區域。我對各種書籍都充滿興趣，尤其是棋藝花卉之類的新書都會好奇地翻看，但多數時間仍流連在擺放著藝文書籍的書櫃，有時就站在那兒翻讀，一次看個三、四十頁，去個三、四趟，就把一本薄小說讀完了。

　　當時喜愛的書籍，理所當然地也都是從中央書局購買的。譬如高一時，第一本橋牌書，魏重慶的《精準制》。高二時，第一本閱讀的美國小說家柯德威爾的《煙草路》。等十七歲，對現代詩好奇時，最早邂逅的詩刊，《笠》和《葡萄

這一家書店有橋牌、花藝書籍

中央書局

爸爸讀的台中師專

文化特產行

憲兵營

台中監獄

市政府

大同國小

打棒球的幸球場

我家

媽媽讀的台中商專

這裡有一家書店

台中一中

台中美新處，借美國小說、歷史的地方。

空軍俱樂部，打橋牌的地方。

公園

遠東百
貨公司

這一家書店，前面擺子擺詩刊。

台中車站

大家買太陽餅的店

美都大飯店

寶島大飯店

=國中，我的初中母校。

圖 1970年代的台中城

園》。而高三時，影響我深遠的綠皮地圖書《中華民國地圖集》也是在此翻到的。

至於，影響一生，二十二歲當兵時，帶在身上的第一本鳥書，張萬福的《台灣鳥類彩色圖鑑》，那是要到軍艦報到時，從這兒帶去的。緣於這份地利之便，從十五歲起，我在台中城的生活裡，中央書局其實是最常造訪的店鋪。

但退伍以後，遷居台北近二十年，有一次回台中，才恍然發現，這樣漫長的時光裡，卻一直未再拜訪過中央書局。到底這家書店如何了，已經全然不知？直到有次在附近開車，經過一家婚紗禮服公司，赫然發覺，那不就是過去的中央書局嗎？這一幡然大驚，還差點和前面的車子撞上了。

記憶裡，中央書局是一間古樸灰暗的洗磨石子樓房，屹立在早年適度繁華的街上，書店的老闆始終用比較保守的方法經營著。整個書店的感覺，一直和舊市區街景的淳樸、典雅是一體的。整個台中因為它的存在，有著不同於他城的文化資質。我堅信，台中過去稱之為文化城的因由，便是還有這家書局存在之故吧。

這間創立於日治時代中期的老書店不止跟我情愫甚深，跟我們家族的上一輩也有著相當的歷史淵源。二〇年代，這家書店開張，我的學長，年輕時也就讀於台中一中的外祖父，就來這兒光顧了。四〇年代末，阿公、阿媽分別在師專和商專求學時，也經常到中央書局買書。

長久以來，這兒也是中部地區文化思潮的傳播站，更是藝文人士聚談的交流道。書局的老闆也熱愛文藝活動，常挺身經援或贊助。父親年輕時，無端地參加小說家楊逵夫婦的讀書會，成為一個社會主義青年，無疑地源自於這個書店書籍提供的知識啟蒙。我更猜想，在白色恐怖年代，祖母的舊木櫃裡，父親書冊最後一排，包著月曆紙，書寫著我三歲乳名「劉資愧」的某些三〇年代禁書，以及《自由中國》雜誌，恐怕也是從這兒購得的吧？

　　關於這件事，我後來曾向父親查證過。大概那時的生活太苦、太瑣碎，每每提到這些書，年事已高，精神又常恍惚的他，都要努力扯及自己的薪水、馬克斯和資本主義。罵完政府後，每次也一定跳回到六〇年代的歲月。當時《讀者文摘》興旺，中央書局因為跟運書的三輪車關係匪淺，每個月初，書運到的時日快，生意特別好。他和母親為了買《讀者文摘》都要提前去排隊，才能買到的。我就讀國小三、四年級時，那幾年物價特別高漲，他們大概是靠著每個月的《讀者文摘》，享受生活裡簡單的閱讀樂趣。

　　如今台中早已失去文化城美名。這種情況下，中央書局消失了也好，免得污了這典雅的稱謂。只是我很矛盾，又渴望它繼續存在著。希望有一天帶孩子回台中時，除了認識我們讀書、打球的小學，還有釣魚的土庫溪、筏子溪外，也很希望帶他們去看看祖父、外曾祖父和我，在不同

年代，受到不同理念啓蒙的老書店。

　　透過這間老書店和我們家族的關係，或許，孩子們會更清楚，小時能夠經常上書店是多麼幸福的事。而如果一個人少年時代沒有走過書店，想來比沒有到過網咖還悲哀吧！而有一天當孩子們長大時，會用什麼角度看待自己常去的誠品書店，以及一場場書店講座的關係，我也很好奇。

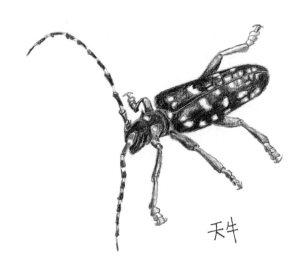

天牛

浪蕩台北

一九七五年四月五日，電視播報蔣介石總統病逝了。那天凌晨，還記得台中盆地雷雨交加，因而我一直懷疑，很可能他早就離開人世，只是選擇這個「良辰吉日」公布而已。

此事暫且不表。我為何記得特別清楚，原來隔天早上，台中一中升旗典禮時，校長在操場涕泗縱橫地講了一個多小時的話。未幾，每個人的卡其服上，都多肩了一塊小黑布。而我站得很不耐煩，跟旁邊的同學聊天，被教官記了警告。

但這只是國殤的開始，此後每天報紙都以黑白版出現，電視也多半是單調的宣導記錄片和愛國藝術歌曲，什麼流行歌曲和電視劇都取消了。比現在 SARS 蔓延時，日子恐怖而無聊許多。

一個月以後，才出現一件有趣的事。我們從報紙獲知，蔣介石奉厝慈湖之前，大概有一、二個星期，棺木會停放在國父紀念館，供民眾和學生瞻仰。學校也通令，任何學生只要報備，可以自由選擇一天，北上探望老人家遺容的最後一面。

能夠不用上課，藉此機會北上，我和幾位同學自是興奮莫名，下課時都在盤算著如何旅行。那時，大家剛好都看完一位大陸紅衛兵的自傳《天讎》。到台北看老蔣，遂被我們想像成一次革

命運動，就像書本的主角搭乘火車到北京，進行大串聯。隨即，我們便決定犧牲星期六早上的課，星期五晚就搭乘火車北上。

那一晚，在家用完餐後，我趕到車站前的噴泉池，和大家會合。當場買車票，搭乘對號快車北上。上了車一看，這才發現列車內擠滿了旅客，有不少跟我們一樣，都是想去看蔣介石的學生。

原本以為，車上一定充滿哀傷之情，豈料整個車廂熱絡異常，反而洋溢著某些奇怪的歡樂。好像許久未見的同學會。好幾群年輕人圍聚著，吱吱喳喳，彷彿高中三年來未講完的話，都想趁這時好好聊個透徹。

我們沒有座位，也不曾想到需要座位。很多學生也是這樣，有的就席地而坐，有的則卡進兩張椅背間的隙縫，有的還想爬上行李架躺在那兒。初時，我們帶了撲克牌，就站在走道上發起牌，認真地玩起拱豬。火車每停一站，都有不少旅客上下，車廂有些髒亂，以及溢出水漬。經過長長的山洞時，又湧進許多煤煙氣，走道旁的廁所更不斷傳來異味。但我們毫不在乎，一路保持暢快的心情。

後來，還跑到車門，就坐在門階那兒，胡亂地聊天，談西洋流行音樂。什麼都說完了時，開始唱歌。有些歌音調太高，我們就伸長脖子，漲紅著臉，聲嘶力竭地對著車外亂吼亂叫，也因而興奮了半天。或許，這輩子坐火車，此時最快樂

了。這也是十七歲以前，自己搭乘最遠的火車旅行。

　　但火車過了竹南時，一個神情蕭穆的軍人大概是看不過去了，忽地站起，如喪考妣地怒目，對著整車的人大聲斥責，說了什麼國家面臨這樣危難的關頭，大家居然不懂得夙夜匪懈，努力報答國家，竟然只知行樂。他非常傷心，不齒和大家為伍。

　　一時間，旅客們面面相覷，寂靜了好一陣，只剩下火車震動的聲音。只是沒多久，大家又興奮地閒聊，彷彿不曾發生過剛剛的事。那年輕的軍人似乎也覺得自討沒趣，就悶在座位，一手支頤，遙望著車窗外黯幽的夜色，獨自遙祭老人家了。

　　那晚的火車，雖然坐足了四個小時之久，卻覺得時間怎麼那麼快，沒一下子，就聽到廣播，「台北到了，要下車的旅客……」聽到廣播聲後，我們都搶著站到車門，把頭探出去，好奇地觀看外頭的世界。

　　這時火車緩慢地穿過中華路。中華路是當時最熱鬧的街道。街道上的商家，平交道柵欄後的車輛、行人，連平交道上不斷作響的聲音，對我而言都充滿新鮮感。尤其是經過西門町時，我更是眼睛放亮。雖然那時因為管制，呈現一片黯幽的世界，但黑暗裡遠方大樓上的一點異樣燈光，都讓人興奮莫名。

　　抵達台北火車站時，已經深夜十一點多。車

站大廳空蕩蕩的，站在那裡發呆了一陣，又走到噴泉池前面，好奇地觀看路過的行人。

我們走到天成飯店旁邊的巷子裡，吃了一碗牛肉麵。老天！幾根青菜和著肉湯的麵條，一碗居然四十元。那時我在台中吃的才十五元呢！

吃完後，問知國父紀念館的方向後，就繼續沿著鐵道往東邊走。這附近的火車似乎很忙碌，不斷轟隆作響，經過我們身邊。甚至，突然地發出震耳的鳴笛聲。那時感覺，彷彿世界正在你旁邊，就要發生一些大事，自己已經走在時代的尖端。

所幸，鐵道旁邊仍然有許多稻田，還聽到青蛙和蟋蟀的叫聲，很像台中城市郊，我放學回家的路上，公寓大樓零星地散落著。走了許久，又經過幾處平交道。那時還懷疑是否走錯了，會不會走到基隆海邊去？

結果，一直走到現今敦化南路附近時，兩邊還很荒涼。後來轉到忠孝東路時，成排的大樓緊密地出現，才感覺到有些都市的氣息。

那時已經凌晨二點，我們和成千上萬學生擠在國父紀念館外的街道，一個捱著一個。記得旁邊就坐了一個北一女的學生。她很大方，問我從哪裡來。我卻漲紅了臉，坐立不安，因為從未和女生坐在一塊。結果，連個「從台中來的」都講不清楚。其他同學也不幫忙，都躲在一旁竊笑。

那時國父紀念館旁邊還有廣漠的稻田，我不時離開人群，跑到那兒透氣。好不容易，彆扭地

熬到清晨六點。再排長龍進入館內，匆匆地，看到他老人家躺在棺木裡。只是那最後一面，一點也不像肖像上常看到的臉孔。那時也很懷疑，躺著的就是本尊。我只確定，自己搭了一趟遙遠的火車，一夜未睡，去看他。

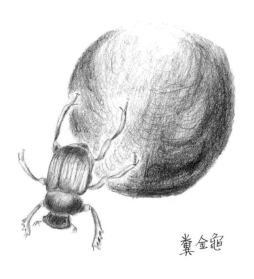

糞金龜

大湖泅泳

選擇一個無所事事的日子，躺在開闊的湖邊，曬著暖陽，並且聆聽著自己喜愛的音樂。這種悠閒的生活，應該是何等快意的人生啊！

年輕時，我不僅就如此萌生偷得半日閒之想法，而且，很快的，在寒假時就付諸實現了。

寒假沒多久，班上的夥伴們便率性地決定，前往日月潭露營。除了二天一夜的食物，特別帶了一台偶爾會跳針的手提電唱機，以及六、七張刮得傷痕累累的唱片。刮得最淒慘的一張，那是眾人最迷戀的披頭四。沒了這電唱機，沒了披頭四，我們的露營就無法百分百。

露營的地點在潭西，青年活動中心的前面，一處平坦的開闊草坪。一抵達湖邊，很快就搭好營帳，並且煮好肉醬麵條的午餐。天公也相當作美，當我們飽餐時，適時地露出暖陽。我們彷彿遊蕩在風和日麗的海邊，躺在草地上，閉起眼，恣意地揮霍下午的時光。大夥兒也不忘打開電唱機，披頭四的歌曲一聽再聽，不斷地搖頭晃腦，歇斯底里地哼唱著。鄉村的「Norwegin Wood」、童話的「Yellow Submarine」，或是抒情的「Yesterday」、「Let It Be」，歌詞內容都倒背如流了。

但不過短短一個小時光景，陽光持續照射

下，開始覺得炙熱，紛紛坐起，豎直背脊，有些煩躁了。也不知有何可以消遣？只好遠眺著大湖，注意大湖上零星的漁舟、船屋。

　　寂寞得有些發慌。怎麼辦？有人突然提議，何妨比賽游泳，看誰能游到湖中一艘無人的竹筏上，再游回來。

　　那竹筏少說有二百公尺之遙，游得到嗎？何況沒有人帶泳褲，如何下水呢？我還在猶豫時，旁邊的人已開始鼓噪。只聽到旁邊又一陣喧囂的叫好聲，只見一位同學早脫下長褲，著白色的四角內褲就衝下去了。其他人更加興奮地叫好。可是，率先下水的同學，沒游幾公尺，就迅速地回頭，慌張地衝上岸。一邊緊抱身體，大喊「好冷，好冷」。隨即頭也不回地，鑽入營帳裡。

　　他的滑稽動作，反而刺激了其他人的躍躍欲試。大夥兒一邊向他喝倒采，一邊在岸邊熱起身子。未幾，又有兩人衝下去。其中一位跟先前一樣，沒消幾秒鐘，就倉促上岸。但另一位，體育

草筏

班的，勇健得很，不僅適應得輕鬆自如，居然還朝竹筏游去。

眼看他都勇往邁進，其他人也紛紛鼓足勇氣，衝進湖水裡。只剩下我和一位較矮小的同學。他們也被冰冷的水凍得哇哇大叫，但這回都堅忍著未上岸。我們兩個未跟進的人，開始被嘲笑。這等情形，若不下水，似乎沒有團隊精神。我不得不脫下衣褲，衝入湖裡。

一跑進去，不覺大吃一驚。老天！陸上天氣炙熱，但湖水彷彿才解凍般，還來不及哆嗦，整個人已經湧進一陣寒意。同學們在旁興奮地呼叫，我卻完全失去他們的聲音，反而孤立在一個奇怪的冰冷世界。只聽到，自己的心臟快速蹦跳，巨大的「咚、咚」聲，在耳際，如雷般地轟響著。

吃力地回頭，想要游回岸，但岸邊的同學似乎也在訕笑。我只好硬撐在原地，不停地划動著。試著以腳探觸，竟無法探觸到湖底。

此時，耳邊又傳來一陣清楚的呼叫聲，有一位同學游過來。我側過頭，他示意著往竹筏的方向，希望一起過去。緊接著，又看到那體育班的似乎已經游得很遠了。

這時，我也不知仗勢著哪來的勇氣和體力，竟答應那同學的邀請，一起朝竹筏游過去了。其他人則紛紛打退堂鼓，游回岸上。看到別人回頭，難免有些後悔，但又怕此時回頭，被人嘲笑懦弱。只好硬著頭皮，努力地跟在後頭，蛙泳前

進。

　突然，眼前一陣怪叫聲。往竹筏望去。體育班的已經爬上竹筏，在筏上英雄式地揮手。同伴更加賣力，努力地往前划動。漸漸地，我被他擺脫，愈離愈遠，而竹筏似乎不曾接近。

　勉強游了一半吧，又有些三心二意。轉頭再看岸上，回頭似乎更麻煩。知道已經不可能了，只好咬緊牙關，游向竹筏。

　但愈游愈慢，似乎老是在原地浮沉，失去前進的感覺。等看到另一個同伴也登上竹筏時，竟有些喪失信心，除了頭部，雙手已無力擺出水面。

　岸上的同學還在熱烈地歡呼，根本未注意到我的疲憊窘態。倒是竹筏上的兩個人，注意到我的體力似乎無法支撐了。他們在竹筏上大喊，這才引起岸上同學緊張起來。但我的視覺愈來愈模糊，若睜大一點眼睛，似乎都會浪費體力。只能模糊地感受一絲前方的光源，確定竹筏的位置。

　我已經喪失游到竹筏的信心，只能支撐著，像一棵枯木般地漂浮，不讓自己沉溺。霎時間，感覺到了死亡，似乎正在接近，而且牽著我，往湖底沉下去，而我毫無拒絕的能力。

　接著，隱約聽到，竹筏上有人跳下水。又過了一陣，旁邊有驚慌的聲音，是那體育班的，他大喊著，「快到了，加油。」

　他伸過手來，想要扶助，我卻奮力地搖頭。不知自己當時為何如此。但這一拒絕，竟激發了

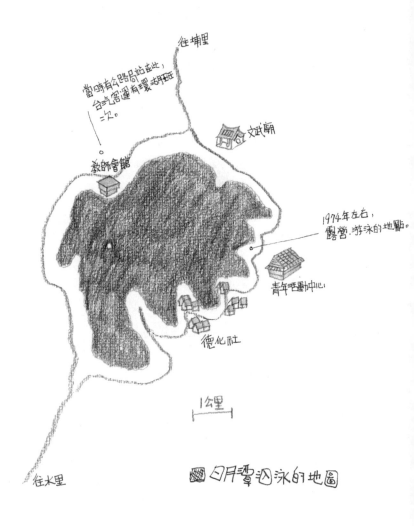

往埔里

當時有公路局站在此，台汽客運有環潭班車一次。

文武廟

教師會館

1974年左右，露營．游泳的地點。

青年活動中心

德化社

|1公里|

往水里

日月潭泅泳的地圖

更大的意志。終於，察覺竹筏接近了。舉起手，試圖捉住竹筏的邊緣。但舉了很久，手一直急切地懸在高空揮舞，始終無法碰到任何東西。也因為這樣心急，胡亂地拍打水時，竟囫圇吞了一口，嗆得驚醒過來。就在這樣驚嚇中，突然間，碰著了一個實體。確定是竹筏時，才整個人安心地靠了過去，全然癱瘓在那兒。過了好一陣，他們兩個再努力地把我拉上去休息。

趴上竹筏時，一想到要如何回到岸上，整個人更是四肢乏力。他們看我半晌不動，還以為我真垮了。

說也奇怪，躺了一陣後，再起身坐定時，體力似乎恢復了。好像也比較有把握游回岸上。我猜想，剛才可能是過於慌張，又未適量的暖身，才被冰冷的湖水嚇掉了大半體力。

游回去時，果然順暢許多，幾乎沒什麼困難就抵達。到了時，還受到最高的禮遇，晚上不用煮飯，可以任意地躺在營帳裡聽披頭四。但我未休息太久，還是起身和大家一起工作。因為內褲溼了，躺著難受，還不如多活動，乾得快。

吃完焦味濃厚的晚餐後，在草地上生起營火，繼續烘烤身子和衣物。有幾位還跑到杉林裡，拖出了不少杉木和杉葉。這些最容易著火的林柴，讓營火暢旺地燒了整晚，披頭四也不斷地唱著。我們仍跟過去一樣，繼續熬夜。營帳燈火通明，大家輪流玩拱豬、橋牌。直到後來都疲憊地橫躺在一起。隔天，天露曙光，營火不知何時

熄滅，只剩奄奄一息的餘煙。

　　清晨時，我被炒菜的聲音和香味吵醒，同學們都還在昏睡。我起身，探頭。看到林子邊，出現了一座米黃色的帳篷，旁邊有一輛機車。大概昨晚才抵達。

　　好奇地走過去，帳篷後，有兩個年輕人正在煮飯。他們正用一個鋁盆炒高麗菜，菜裡面加了蝦米和香腸切片。或許是有些餓了，看來非常好吃的樣子。另外，旁邊還有一個鍋子用來蒸飯。他們和我打招呼，邀請我，一起吃早餐。我卻故意說吃飽了。畢竟是陌生人，不好意思。

　　菜炒好後，他們各自拎了小鋼杯盛飯，挾食鋁盆裡的高麗菜，一邊遠眺著大湖。他們是北部來的大學生，正在環島旅行。他們共騎一部機車，後面有一個大背包，裝載了營帳和炊具。一路旅行時，在各地雜貨店買當天的食物。用完餐，他們馬上收拾營帳和鍋盆，研究旅行路線後，從容離去。這裡是第一站。明天，他們要去阿里山，然後，再南下墾丁，接著繞到東海岸。

　　這個陌生的邂逅看似平常，後來卻深深地影響我。我長大退伍後的機車旅行，東西也十分簡單。一樣也是鋼杯、鍋盆等等，簡單而方便的行頭。連吃的食物，似乎都是高麗菜摻一、二根香腸，或者依舊是麵條、肉醬，如此就覺得人生很享受了。

　　那時，凡登山人使用的優質器材，我竟覺得是一種浪費的奢侈品，貴族化的享受，很不節

儉。

　　不久，草地上又來了一群年紀和我們相仿的
男女學生。他們帶來了手提錄音機，圍成跳舞的
陣容後，開始播放土風舞歌曲搭配。然後，在草
地上快樂地手舞足蹈起來。同學們終於全被吵
醒，呆愣愣地坐在那兒，看著歡樂的表演。

　　我遠離他們，繼續坐在湖邊，想像著那對年
輕人騎機車，繼續南下旅行的各種可能，一邊遠
眺著昨天驚險泅泳的湖面，以及湖面上空蕩的竹
筏。年紀大時，才知道那竹筏是捕捉奇力魚的，
只是記不得是否有長草。

　　再過一陣，學校就要開學，高中生的最後一
個學期了。好像苦日子還要撐一些時日，才會結
束。望著大湖，竟莫名地感傷起來。

高蹺鴴

從草叢裡的望遠鏡看出去，
我捕捉住我的十三歲，
一隻高蹺鴴灰白的纖瘦。

在晨霧中，躡著紅足，涉過冰寒的淺灘，
突然看到水下另一隻鳥，悚然一驚，
雙腳緊併，拍翅一蹬，飛入高空。

——〈高蹺鴴〉——

輯二：你們的山巒之歌

他們也和我的出生不期而遇，
一種比嫩芽、小葉還具體的存在的空氣。
在孤獨的時候，和他們並坐。

他們繼續進入森林。
在我如高齡海龜的軀體裡蠕動。
煩我、困我、折磨我。
一生都是我活著的問號和疑惑。

——〈自然老師〉——

走過大霸尖山

　　奉一哥哥十歲以前，我很認真地寫了許多荒野的文章給他。

　　這些文章都是以家書的形式表達。以前的人若提到家書，大家的印象總偏離不了生活道德的訓示和規矩，但我在書寫時，卻絕少觸及這樣的人生大道理，也盡量避開保護環境的強烈意識。多半時候，只是描述我們在戶外活動的情形，以及遭遇到問題時的應對方式。

　　留下這些日常生活的記錄，無非是希望他能記取這些小時候的經驗，將來能有所啟發。後來，文章累積多了，我更結集付梓出版，取名《山黃麻家書》。只可惜，大概是我寫的不太好；或者，還是太說教了，奉一哥哥絕少碰觸，更別提知道內容的梗概了。就不知，有朝一日，當你翻讀到時，能否和我一起分享。

　　奉一哥哥雖不喜歡家書，卻是鍾愛看故事傳奇的孩子，金庸的武俠小說，我的《豆鼠三部曲》，以及最近正high的《魔戒三部曲》，都會再三翻讀，沉浸於這些小說建構的王國。而每次談及情節和人物，他也如數家珍，娓娓道盡。他已經就讀國二了，仍繼續活在一個武俠和騎士冒險犯難的世界。有時，甚至把那個世界和現實結合了。

　　其實，若回顧這六、七年來的野外旅行，我

未去成的雪山半途

們幾乎走遍了北台灣的山巒和小鎮。如此長期耳濡目染下，原本以為，他會成為一個優秀的自然觀察者。但如今我清楚知道，那絕非他最在乎的活動。他只是想藉外出的自由，找個人一路伴隨，傾聽自己所嫻熟的故事。或者，坐在車廂的角落，繼續翻讀小說。我所熱愛觀察的事物，在他的生活裡，只是閱讀過程裡的休憩段落。縱使去過玉山、合歡山了，他都缺乏高山的特殊印象。要不是剛好國中課本提到，他已經忘記去了這些地方。

你好像就不一樣了。相對於哥哥的都市兒童性格，你好像是原住民小朋友。

還記得夏小駝嗎？那隻和你一起去爬大霸尖山的土狗。三個月了，每次從台北盆地的辦公室，望向南方的高山時，我一閉目，腦海就浮現你在雪地裡追逐夏小駝的身影。

寒冷的冬天，在三千公尺的箭竹草原，氣壓低，空氣稀薄，每個人都走得相當吃力。我更因肩著糧食和炊具裝備，每走個四、五十公尺就得靠在路邊休息。小一哥哥也一樣，緊跟著我，生怕落後太遠。

我們卻看到你，因為看到雪了，興奮異常。不斷地上下跑動，來回奔馳。翻兩、三個山頭去了，突地又冒回來。更教人吃驚的，你居然還和夏小駝相互追逐，玩起丟擲木棍的遊戲。最後，抵達伊澤山下，夏小駝累得倒在草地休息了，你還興致勃勃地玩起雪球。

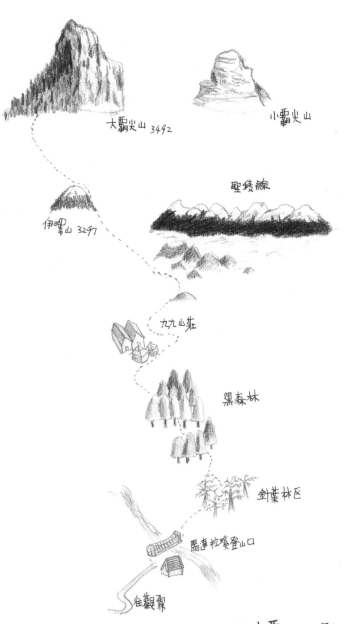

大霸尖山 3492　　　小霸尖山

聖稜線

伊澤山 3297

九九山莊

黑森林

針葉林區

馬達拉溪登山口

往觀霧

🔲大霸尖山登山圖

其實，從幼稚園時，我就發現，你展現了這種好動的個性。後來，每次爬山，也未曾看到你喊累，總是比別人多一份玩心。一個星期的人本教育活動，你竟也能不洗澡，整天在外頭玩泥沙，毫不嫌髒。你彷彿天生註定，適合在野外生活。

這種特質，讓我在你身上看到一種奇妙的希望。這個希望觸發了我寫這第一封信給你，在你十歲生日前夕。

以前，我總期待有一天，當我肩著大背包，站在高山遠眺時，旁邊會有一個夥伴，和我分享這情境。我一直渴望，那個人會是心思細膩的小一哥哥，現在，我似乎覺得，你更有這種可能。

我現在開始有一個夢想。有一天，當我上了年紀時，換你在前面肩著大背包，帶領我和奉一哥哥，繼續走在台灣的山巒。甚至，走向地球上的每一處山岳。我們也會熱情地邀請摯愛的人，一起參與所鍾愛的活動。

請原諒我，竟有如此簡單而媚俗的父權觀念，在你那麼小時，就賦與你這麼沉重的期待。但像我這樣一個從小就想當自然老師，希望長大時走遍台灣山水的人，一生如果有什麼貪念，大概就是這樣了。

所以，縱使你們讀國中、高中時，升學壓力再如何沉重，每個星期，我們的野外旅行還是不會中輟的。奉一哥哥繼續在草原看書，你繼續在荒野奔馳，而我也依舊享受著健行之樂。這是我

們生活的信仰，無可取代的父子關係。

　　人生會有很多路，但這一條，我們是最佳夥伴，也會是彼此最好的朋友。

小白鷺

一個消失的族群

「沒有大樹，沒有游泳池的小學校，小朋友畢業了，長大以後，會留下什麼樣的印象呢？」

最近，剛好看到一則新聞，一群日本老婦人專程回到日治時期在花蓮時就讀的豐田小學，緬懷早年讀書的時光。於是，我不禁問起將要上國中的你，這樣嚴肅的問題。

你的回答很簡單，「有啊，我們的校園有一些小樹。校園很漂亮，我對它很有感情。」

你的天真和無厘頭，和我預期的有一大段落差。但是，六年級又不是六十歲，能夠表達什麼呢？再者，我又預期什麼？其實，自己也不知道。

你繼續在看喜愛的《神雕俠侶》，似乎未來還有一小段時間，讓你如此享受著。在都會地區，其他國小的小朋友，能夠這樣殺時間，和武俠小說一起神遊，想來是不多了。如果，我對小班小校有何看法。這樣的悠閒，或許是我對你就讀隧道旁福州山下辛亥國小的最大肯定吧！

但是，我難免擔憂，國中時你會是什麼樣子。隨即，聯想起經常看到的，許多以前辛亥國小畢業的孩子，揹著書包，默然地穿過一〇一巷，正在辛苦的國中歲月。再過幾個月，你就會是這樣的成員了。

「一個消失的族群！」我如此稱呼現在的國

金山的老樹

中生，以及未來的你。可是，我也不認為這就全然是悲哀的壞事，或者是一個體制的不幸。

我保持著，一個模糊而不堅定的立場。

畢竟，從動物行為學者的研究來看，每一種動物的青少年時期往往會產生脫序。許多哺乳類如是，鳥類亦然。某一種形式的壓抑和制約，恐怕是帶領青春期孩子們進入正常體制的必要之惡。

如今，回想你一、二年級的模樣，現在幾乎都記不得了，雖然那彷彿是不久以前。我只能依稀憑仗著，一疊過度飽和著色澤和快樂的彩色照片，逐一去追溯。

一個班級只有二十幾位學生，孩子能夠在都會率先就讀這樣的小學，我儘管積極認同，但是在過程裡，難免比較起自己上小學的情形。相對於一班五、六十人的大校團體，小學校好像就少了一種外在的強大競爭活力。譬如，小學校就

不可能有一支像樣的棒球隊、排球隊或者田徑隊了。合唱團、美術班也不可能形成，足以成為一個孩子課外活動的重要回憶。

不管公私立，有些小孩，依舊會就讀那種有大操場，二、三千人的學園，數得出許多達官貴人的傑出校友，以及綿延悠久的校史。但你們成長的經驗裡，絕對不會是這樣的大校感情。

學校如此的小，將來你到了我這樣的年紀，當你想到辛亥國小時，會想到什麼？一個小學校會不會更為珍貴，有著它細膩而美麗的地方呢？半甲子之後，你能懷念它，如同那些日本老婦人的情感？

我亦不確知，但在一些過去的經驗裡，隱然察覺一些其他的有趣變化。小校所帶來的教養不只是你成長內容的改變，連家長的身份也和過去大大不同。譬如，你班上的同學，我幾乎都認得，叫得出名字了。甚至，約略知道每一個孩子的習性。光是這一點，就能感知，自己和你的互動關係，遠比自己小時和父親的密切許多。

其實，這也說明了，隨著你的成長，我自己也在學習；而且，會有更多生活上的挫折和失敗經驗的挑戰。這種代價的甜苦都是其他經驗換取不來的。我很能深刻理解。甚至，享受這樣的情境。因而也更清楚自己的責任，還有你如何在未來，將自己扮演得更好。

小校小班形成的文化，以及在學校的長時生活，對我們這樣的中產階級家庭，是一個新嘗

試，它所帶出來的社區文化，或許還不是很全面而清楚。但我們已經上路，難以下車了。

最近，每次外出，經過校園旁紅磚道時，看到你們六年級的小朋友在打籃球。我最喜歡停下，多看幾眼；倒不是裡面有好幾個熟識的，而是你們已經有一種青少年的樣子，籃球場成為一個發洩的管道。心裡還有一種淺淺的感傷。嗯，好像，這是你們小學時代，少年的最後一個春日。

女孩也一樣，我可以想像，她們擁有更多更私密的語言。離成人的距離愈遠了，也愈來愈喜愛孫燕姿和蕭亞軒這類偶像歌手；歌詞背得比英文單字嫻熟；有些人遲早會在歌星的簽唱會癡迷地出現。

在這一點上，你們和台北市東區是不會有太多差異的，也不會和鄉下的孩子有什麼區隔。唯一的不同，或許是比東區的孩子戴眼鏡的少，但是又比鄉下的孩子多一些。以此為一個試蕊紙，容許我大膽斷言，生活和讀書方面的成長和歷練想必也是如此。

社會如此劃分，學校也會形成這般既有的文化體制。小校也好，大校也罷，都是社會這條大河的重要支流。你和我則是支流裡的魚蝦，離不開河。只能選擇自己喜愛的水層和水域。人生如是，那就只有欣然而努力地適應了！

*附記：辛亥國小位於辛亥路捷運辛亥站附近，全校師生約三百餘人。

阿里山的愛戀

　　午後一點半，阿里山號從北門車站出發了。

　　十四歲時，妳們終於從台北南下，搭上這輛通往檜木森林的高山火車，繼續近年來的鐵道旅行。

　　以前的中學課本，有一課會上到「阿里山五奇」，主要內容是描述作者搭乘森林火車，前往阿里山，遊覽高山森林的過程。

　　課文一開頭「不到阿里山，不知台灣的美麗；不到阿里山，不知台灣的偉大。」不僅讓讀者印象深刻。每次翻讀時，難免也心生嚮往，渴盼自己能夠旅行在這條世界少見的森林鐵道上，進入台灣的高山世界。

　　無怪乎，許多大陸人來台灣，最想要觀光的地方就是這裡。若要大家票選一個台灣旅行的地

冠羽畫眉

標，相信阿里山也是最熱門的景點。緣於這個因由，戶外教學的課程裡，前往阿里山，應該也是必修的一課了。

那天，妳們提前一個小時抵達，先到北門觀賞舊的檜木車站，同時在站前的老街走逛。雖然那老街短短不到百公尺，舊的房子剩不過二、三家，還是感覺得出，早年的古樸風味。

譬如，那家經營已經五十多年的老旅社，門檻上的老式自動火災警報器，以及對面的貨運寄存倉庫，都殘存著過去生活的遺跡、色澤，甚至好像氣味都還流動著。那種細微情境的發掘，有時無法只能單純地以文字敘述。只有站在現場的感受，以及意外邂逅的喜悅，可能更為真實。

在過去，我們年輕時的旅行並不重視，或者根本忽略這些周遭的生活物件。那時的旅行，一心只想著日出、雲海和神木，或者盼望著，實踐一次年輕人流行的溪阿縱走。

我們一搭上火車，也開始聊天、玩牌，乃至一路唱歌。但是妳們上車後，除了短暫的興奮聊天外，隨即安靜下來，大概是看到嚴謹的我佇立在前，知道又要如常，講述一段有關這條鐵道的歷史簡介了。沒錯，在這裡旅行了近半年，我的確有相當多的感觸，準備和妳們分享。

但是，正當我要逐站介紹時，列車上的廣播響起，搶了我要敘述的內容了。原來，經營這條高山鐵道的林務局，也體認到現代旅行的改變，嘗試著新的導覽。火車一開動，廣播就配合著解

經過龍眼果園，
　終於來到樟腦寮車站。
　那兒　繞有一排老樟樹，
　　彷彿此地的歷史憑飾。

木造的竹崎車站，
　旁邊有一家老雜貨店。
　以前常在這兒下車，
　到牛稠溪釣魚。

—— 北門檜木車站，出發前，駐足沉思的地方。

—— 一家有五十年歷史以上的旅社，
　　它和阿里山鐵路共生共榮。

早年運送貨物的轉運倉庫

開始著名的螺旋光爬昇。

繞了一百八十度，
火車經過美麗的森林小鎮，木社寮。

鄒族人昔日
的交易大坊，
交力坪。

沼平車站，阿里山
鐵道的終點，我國小旅
行時去过最高最遠的地方。
那時大火還沒來，村子都是
木造屋，下雪時，像北國的
小村。冷酷異境。

程時，一定走訪的
起期老街。這兒是
道中途，鄒族与明
華人文明的交会点
了。一個觀光過度了
小鎮。

🔲 阿里山鉄道旅行圖

說，從低地開始介紹阿里山的開發歷史和地方風物。每抵達一個車站時，妳們也聽到了這一站的特色和風物。

在逐次的廣播下，不知不覺，火車過了樟腦寮站，進入獨立山，開始著名的螺旋式攀升。這個奇特的火車奇景，吸引了大家的矚目，以致於，妳們可能未發覺，當火車停靠在小小的獨立山站時，列車上來了二位旅客。

那是一位老人和小孩。他們上車後，坐在列車頭站務員座位和梯口的位置上。老人扛了兩個麻袋，裡面似乎裝了一些像是竹筍和高山蔬菜的物產，小孩則拎著一個小包裹。

多林車站

我一瞧，隨即注意到，老人灰白的鬢髮下，那高挺的鼻子，以及一雙深邃發亮的眼眸。這是鄒族人典型的臉相，美麗而英武。百年前，這條鐵道深入他們的家園，鄒族是最早接受文明劇烈衝擊的族群。但我們不曾在過去介紹阿里山的文章，讀到任何相關值得反省的訊息，卻讀到了漢人吳鳳捨身取義的謬誤故事。

　　想到過往的歷史，我總充滿至深的愧疚。再看到這位部落老人，不免無端地生起敬意。原本，很想建議妳們注意這兩位旅客，但後來唯恐這行徑過於唐突，像是到動物園參觀無尾熊，對人家很不敬。念頭方起，隨即打消了。

　　再看那小孩，猜想是他的孫子吧。約莫五、六年級，讓人很好奇，包裹裡有什麼。後來看到裡面露出一截玩具的尾巴，如果沒猜錯，應該是一隻塑膠的恐龍，或者是酷斯拉。三、四年前，它在都市相當流行，現在妳們可能已經不會有什麼樂趣接觸了。但他單手緊抱在胸前，一手抓著鐵桿，生怕自己未保管好，別人隨時會拿走玩具。

　　隔著車門大窗的距離，隨著火車的重複震動，漸漸地，沉默的他們，跟窗外迅速流逝的景觀一樣遠去。以至於後來，他們在一個小站下車時，妳們更未察覺。

　　火車過了奮起湖後，火車的廣播再介紹什麼，已經沒有人聽了。一則上來的遊客逐漸多了，二則景觀似乎也單調起來，逐漸地由竹林轉

變為杉林。妳們禁不住玩興，拿出撲克牌玩。我也刻意苦笑，裝作不在乎。畢竟，三個半小時路程，有些漫長。

後來，一些半途上來的年輕人，大概是大學生吧，過來和妳們聊天。我有些不安，連忙阻止。那些大學生悻悻然地退到車廂後頭。

接下來的旅程，我卻有些尷尬，靜默地倚靠窗口。先前，我不積極介紹火車上的鄒族人，讓妳們感受部落族群和鐵道的關係。如今又阻止大學生和妳們交談，生怕有什麼不好。這是何等中年老師的矛盾心情呢！如此拘禁在自己定義的世界，只在既定的知識裡打轉，何需出來遠行呢？我深深地自責著。

如果，我開朗地藉機介紹這對鄒族人，不刻

阿里山火車

意阻止大學生的搭訕，妳們在這條路線旅行，或許更有收穫吧。這般懊惱著，突然間，覺得自己的旅行導遊，真的是太過於小心、僵硬，又充滿道德教義了。

下一次，一定要改進啊！我在心裡頭，默默喊著。

但妳們看似沒有受到影響，繼續玩著妳們的撲克牌遊戲。只有一位，繼續倚在窗口，戴著耳機，自我陶醉地浸淫在CD隨身聽的音樂裡。

前一陣子，妳們每到一處車站，都喜歡高唱孫燕姿「我要的幸福」。我對國語樂壇有些陌生，但至少還知道每一個階段，誰是這階段流行歌曲的代表歌手。她似乎突破了玉女歌星的窠臼，那節奏和歌詞，像某種極欲跳脫牢籠的意

念，翻過了既定的障礙高度。

　　妳們反覆唱著這一首旋律古怪、疏離的歌曲。我不停地聽著，逐漸產生奇妙的好感。有人說那旋律充滿大氣，我寧可認定是一種脫俗的風格，跳離了既有的音感和律動。一首歌如此，一次旅行相信也是。

　　就不知現在妳們又在聽什麼？但這一次旅行，才上了火車，就如此充滿挑戰，相信未來，勢必會有新的摸索。

　　火車已經進入檜木林，駛入高山的雲海裡。

離家出走

一直期待著，有一天，你會萌生離家出走的意圖。

我相信，這個想法是健康的。畢竟，在國中的歲月裡，週而復始的考試和周遭的讀書壓力，一定讓人很不愉快。

前幾日，你不到九點就想休息。我知道，一些和你同齡的孩子都拚到十二點才上床入睡。我擔心你讀書的時間太短。結果，這一不小心的舉例，馬上引起你的反彈。這個階段，你們總是容易不耐，隨便發脾氣。我花了一個晚上的時間，才能安撫你的情緒。

後來，轉而試想，如果，我是你，聽到父親如此舉例，恐怕也會和你一樣憤怒吧，而且關於離家出走，說不定早就嘗試了好幾回了。

有的小孩還真會去實踐。不過，他們多數可能只是走到公寓大樓的門口，便開始躊躇、徘徊，或者離開一、二個小時，到了便利商店逛或書店逛一圈，就結束旅行了。超過一天的，相信一定不多。更少有長時離開的經驗。

但你有沒有想過，真正的離家出走，能去哪裡呢？要帶多少錢？屆時，要整天泡在網咖嗎？或者游蕩在捷運、車站，或者公園？更實際的問題，離家後如何生活？要找什麼工作？還有住在

哪裡？

　　我猜想，通常離家的人總是跑了再說，不會考慮太多的。無論過程如何，相信多數小孩夢想著離家出走的地方，恐怕也都是到一個大城市生活吧！搞不好，最大的心願，就是去當什麼速食店或便利商店的工讀生呢！

　　前些時，我讀了一本少年小說《山居歲月》，談的正好是離家出走的故事。小說裡的主角，和你一樣歲數。但他很另類，居然逆向思考，選擇了荒野，做為離家出走的目標。

　　可以離家出走，躲藏起來，不用讀書，並且結識很多野生動物玩伴，或許不是每一個孩子都喜歡的遊戲。但對一些從小在鄉下長大的，或者是有野外經驗的孩子，那無疑是一個童年的最大夢想了！

　　這位男孩原本和家人住在紐約的擁擠公寓。由於住不慣都市，在獲得父母親的同意下，他回到曾祖父居住的山區農場，嘗試著單獨於野外的生活。

　　春天時，他離開了紐約市。身上只帶了一把小刀、一綑繩索，一把斧頭，以及一個打火石。

　　此後，他靠搭便車抵達荒廢的農場。在開闊的森林裡，選擇了一棵大鐵杉的樹根，築了一間地下的隱密樹屋。他刻意躲避人群，靠著本能的技藝，嘗試著過原始生活。他利用樹枝做魚鉤，捉捕鱒魚。砍取樹枝做陷阱，捉捕野兔。同時，也摘食野花野果，並且剝取鹿皮做衣服，或製作

門簾等家俱。每一項技能都是靠著逐一的嘗試，從屢次的失敗中，摸索出成功的心得。

他靠小時的一些野外經驗做爲基礎，經過了一、二個月的磨練，終於適應當地的自然環境。到了冬天，白雪覆蓋大地時，已經練就了貯藏的技術，並且堆放了許多食物，可以安然而快樂地渡冬。這樣的適應讓他樂於長期躲在森林，享受快樂而消遙的日子，遲遲不願跟人類碰面。

但一個人終究不可能閉鎖在自己的世界裡。儘管在森林裡，他和一些小動物諸如浣熊、黃鼠狼和獵鷹等，建立了緊密的友誼，而且產生有趣的互動。相信多數喜愛小動物的人，一定夢想著也有這樣的情景。

但老實說，這樣的王國處久了，依舊孤獨。他的心裡還是有另外一個自己。一個很想要跟人再講話，溝通的自己。

從開始的刻意躲避人群，直到遇見一位在山裡迷路的老師，他才逐漸敞開那已經爲森林而閉鎖的心靈。緊接著，一位陌生的健行者出現，還有鎮上的夾克男孩，以及父親的突然尋訪。從不同的人身上，他重新摸索一個自己和社會的新關係。

透過野外的成長，他終於體認到社會的價值和意義。他知道自己不可能一輩子躲避人群。可是，又不想過都市生活。怎麼辦呢？結果，作者安排了一個浪漫而圓滿的故事結尾，他的家人找到他，受到感動，舉家遷回這塊農莊，過起田園

生活。

或許，這個小說的探險故事太傳奇，也太一廂情願了。只能當小說看，不是現實人生。但是，我覺得，對一些性向明顯，不愛讀學校功課的人，還是有一些值得參考的地方。

譬如，你一直沉浸在金庸的世界，對整個現實的社會漠不關心，也不在乎功課。這樣的行徑何嘗不也是另一種探險。在心靈上，其實你也已經離家出走；而且遠走一段時候。

但是，現在，國二下了，我想，也應該回家了。有些學校的教科書，並不盡然是那麼無趣的。有時是讀書方法的問題，或者是你想不想給自己一些責任。或許，你用一點心，應該會發現不一樣的生命情境。

舉上述的故事，主要也是到了例假日，我們經常去野外旅行。在那裡，我從不期待你學習森林的知識，更不是要鼓勵你離家到那兒出走。我只是覺得，我們父子應該珍惜每一個例假日相處的時間。我努力展現我的生活價值，讓你日後有閒暇的時間，再仔細瞭解我。

也許，再過幾年，當你結交其他朋友，當你開始喜歡流行音樂，迷戀著年輕的男女偶像歌星時，大概就不會想再跟我這個糟老頭子一起爬山了。

那時人雖還在家，心已經飛揚，恐怕才是真正的離家出走呢。

尋找一隻大鳥

　　儘管課業繁重，每天都要熬夜到午夜才就寢，十四歲時，妳們繼續嘗試了一個以生態保育為主題的網站。

　　生態保育的主題近年來到處可見，但妳們要製作的內容很特殊，主要是追念三年前在台灣意外罹難的一對東方白鸛。

　　這種大鳥就是我們所熟知的送子鳥，但在台灣非常少見。七、八年前，有一對從北方飛到台灣後，不再北返。以前，送子鳥從不會在台灣定居。牠們明顯地打破了這套常規。

　　三年前年底，當牠們在關渡自然公園附近搭巢時，很多人都相當興奮地期待，因為送子鳥只在北邊的黑龍江繁殖，假如牠們真的在台灣生下小孩，將會是轟動世界的記錄。

　　記得那一年，妳們到關渡的水田，參與製作稻草人的活動時，也曾經看到這對大鳥飛越天空，寬闊的翅膀讓人印象深刻。然而，就在大家等待牠們生下小孩的時候，一件不幸的事情發生了。年初時，這對送子鳥竟發生了空難。

　　牠們的死亡引起很大的爭論。到底是機場保安人員故意射殺，或者真的是意外撞機，始終未有清楚而明確的答案。如今事過境遷，大家也漸漸忘了。那時，為了不要讓這對白鸛平白無辜地

往生，我曾經和一些賞鳥的朋友擬定了一些紀念和保護白鸛的計劃和活動，可惜後來事務繁忙，都半途而廢了。

由於妳們希望能夠製作一個具有挑戰性的網站，送子鳥撞機的不幸事件也將屆滿三周年。我嘗試著，把當初這個懷念送子鳥的構想，寄託在妳們身上。

妳們雖有嫻熟的電腦知識和技術，之前也曾製作過好幾個網站。但是，這個生態網站的難度遠高於過去製作過的鐵道、古道等鄉土風物內容。畢竟，要尋找的主角已經罹難，只能靠文字和圖片去想像，逐次拜訪過去觀察的人物，以及尋找相關的文獻和新聞，才能慢慢地建構出，這對送子鳥棲息的環境。

原本，我以為多數的時間會耗費在資訊的蒐集。未料到，在這近乎半年的網站製作裡，妳們和家人居然花了相當多的時間，在野外奔波和追尋。我也被這股熱情掀起一股欲望，重新去追尋這對送子鳥的歷史軌跡。

譬如，有一回，在整理過去的資料時，發現了當時拆除的白鸛巢，最後輾轉運送到台中自然科學博物館。於是，特別南下到科博館，商請館方人員幫忙，從隱密的地下室裡，尋找到當年拆下來的大巢。除了拍照留念，還研究巢材，準備在義賣的攤位上重新製作一個，讓民眾來認識。

緊接著，妳們又走訪當年送子鳥築巢的竹圍，觀賞當時棲息的環境，並且訪問了這幾年持

送子鳥

續關心、記錄這對送子鳥的賞鳥人許財。在他誠摯的生態解說裡，對送子鳥當年如何往來關渡的故事，擁有了更深刻而完整的認識。

更驚喜的是，透過許財的介紹，還結識了另一位在當地長大，從小關心這對送子鳥的小女生，如今年歲也和妳們相仿。

也不知是否老天特別眷顧，知道大家的心意。年底時，報紙刊載，又有一隻送子鳥在蘭陽出現，棲息了好幾星期。這是四十年來，蘭陽的第三筆記錄。妳們也顧不得課業的繁重壓力，段考一結束，隨即抽出一天的時間，在蘭陽田野文史工作者吳永華的熱誠協助下，趕到一處叫「時潮」的偏遠魚塭地帶，親眼目睹了這種傳奇的大鳥，以及黑面琵鷺等稀有水鳥。

在這趟旅行裡，更見識了幾位社區的熱心志工，如何動員全村的力量，不斷巡邏、保護在那裡渡冬的水鳥。

妳們也繼續南下，前往一處平原的小鎮，尋訪一隻四十年前的送子鳥。當時，並沒有保育法，這隻鳥不幸被獵殺，後來製作成標本。那是蘭陽地區首次記錄的送子鳥，也是目前台灣唯一製作過的標本。

然而，抵達小鎮前，根本無法預測是否能看到，因為這具標本已經被視為他們家族典藏的寶物。再者，礙於近年生態保育意識的高漲，多少有些忌諱。怕別人不明究竟，隨便誤解。未料到，當年擁有送子鳥標本的老先生已經辭世，根

本不得其門而入。折騰了一個下午，或許是老先生的後人，被妳們迢迢到來的誠意所感動，終於願意開門，展示這隻羽色仍完好如初的送子鳥，讓大家親眼接觸送子鳥的實體。

冬末時，為了讓更多人知道這對送子鳥的事。妳們又犧牲讀書的時間，製作了相關的保育宣傳衣物和卡片，利用一些群眾活動的場合宣傳，還在華江橋雁鴨賞鳥季時，爭取擺設攤位的機會，進行追念送子鳥的義賣活動，並且把義賣所得和架設的網站，全數捐贈給關渡自然公園。

關渡自然公園今年正好成立，急需大家繼續來義助。那裡更是這對送子鳥當時想定居的家園。希望這項捐贈行動的意義，能夠喚起大家對這兩隻白鸛的懷念，不再重蹈覆轍。

現在仔細回想當初，製作送子鳥網站時，除了幾張新聞舊資料和文章，在什麼都付諸闕如下，竟能齊心努力，突破各種困難和障礙。更未料到，後來竟有如此豐富刺激的追尋過程，等著大家逐一去克服。相對於網站的成立，透過這幾次艱辛任務的實踐，相信整個過程的收穫，應該也有著同等重要的意義吧！

如今網站也已成立了，或許有點像在地球設立了一個聯絡外星人的太空站，妳們可能還會懷疑自己的力量，如此微小、薄弱，真的有效嗎？但因為妳們的表現，我反而毫無一絲氣餒和疑惑。就好像不曾預期，會有一隻送子鳥出現在蘭陽平原。

試想二十年前，一群台北的賞鳥人努力地呼籲成立關渡自然公園，搶救這盆地的最後一塊綠地。那行徑當時看來也像螳臂擋車一樣無效，但他們從未放棄希望，一有機會就向政府進行遊說和宣傳。如今自然公園成立，生態園區也在經營管理，實踐了這樁美好的夢想。這個經驗帶來的啟示清清楚楚。從事保育活動，必須長久堅持，更不能放棄任何一絲機會，才可能見到較好的成績。

　　送子鳥的搶救經驗也一樣，早期的賞鳥人點燃火種，妳們繼續維護火苗，讓這個希望承傳下去。不知未來是否會有其他少年朋友，接續妳們的棒子？這樣美好的小小自然保育傳統，若能永遠地保持，無疑地，也會是我們生活在此，衷心期盼的新夢想呢。

*附記：「東方白鸛」網站成立後，三月五日，宜蘭那隻東方白鸛曾飛抵關渡公園一天。此網站獲二○○三年「台灣學校網界博覽會」國中組地方環境議題金獎。

第一個女朋友

國三上學期時，你談戀愛了。

結果，有一陣子的生活很糟糕，或許只能用「糜爛」這個字眼去形容。

當然，你可能無法接受，這個歷史課本裡經常用來描述昏君的形容詞。但無論如何，那一陣子的晚上，書桌上的課本一定像高山峻嶺的阻隔，讓你很厭惡閱讀和複習。

但你的心思卻比任何時候的讀書都來得專注；而且，堅毅地，想要飛越它們，飄到很遠的地方。

最初，你爸媽發現時，有些恐慌，也有些驚喜。恐慌，是因為害怕你說話笨拙，跟平常在野外一樣，沒大沒小，那女生一下子就和你斷了關係。驚喜，是覺得對你的成長會有很大的幫助，畢竟你在平日生活的過程裡，太少有和異性朋友互動的機會。

但是，他們故意裝作不知道，只在旁邊悄悄地觀察。這是做父母最好的學習機會，看看自己的孩子如何處理感情問題。他們相信你，再如何的頹廢，都是一時的，遲早你會控制自己的「糜爛」，回到正軌。

果然，持續了一陣，你慢慢又恢復爽朗、憨直的個性。但他們也驚喜地發現，你比平常更愛

上圖書館，也願意花更多時間在讀書和考試。我猜想，如果是父母勸你，你還不一定會那麼認真。大概是女朋友激勵的結果吧。畢竟三年級了，馬上要學力測驗，這是你在學校教育裡無可脫逃的挑戰。

我一直相信，同性之間很難磨擦出相互勉勵的火花，尤其是男生。這個時候交異性朋友，運氣好時，若真遇上這樣百分百的女朋友！那就真是幸福了。

但不知道除了彼此激勵外，她是否還和你交換過哪些心願，或者承諾？搞不好交往久了，也會有天長地久，海枯石爛，那種真心卻天真的誓語。以至於，後來分手時受傷都很深。這種情況若發生了，可能像即將爬上高山主峰，就決定下山的痛苦。希望這樣的狀況，不會發生在大考時。

後來，你媽媽還是有些不放心，偷偷地掛電話給女孩的爸爸，告訴他，你們戀愛的消息。對方的爸爸反而安慰你媽媽說，「我們都年輕過，知道這是怎麼回事！」真是體貼的父親！

無論如何，我真的羨慕你，這時竟擁有少男時必然的迷惘。那種初戀的酸甜滋味，一定會陪你到很大的年紀。

可惜了，我的十五歲。

你能想像嗎？國中三年，我們全校男生都在樓下，女生在樓上上課。只有朝會時，才會看到女同學下樓。整整三年，我沒有和學校內的女同學講過一句話。我們像一群工蟻，每天只懂得摩

肩接踵，忙著為食物進出。

還記得，國二時，我偷偷地喜歡上一個小學時就見過的女生。她住在不同的街道，家裡是開醫院的。那時，每天都期待著快點放學。下課鐘響時，就跑到一條巷口，等她放學。看到她出來後，都會跟一小段路，再繞路回家。日子如此渡過，有時竟也很滿足。

有一天，那女生大概發覺我尾隨在後，走路的速度變快。我覺得很好奇，跟著加快腳步。到了一條巷子轉彎時，那女生居然不見了。正狐疑，不知何時，她突然出現在後頭，雖然未說話，但那一臉正氣凜然的兇樣，害我嚇得拔腿就跑。此後，回家時反而鬼鬼祟祟，生怕再碰見她。我們那個時代，在我們那個保守的城市裡，面對女生的方式，大概就是這麼窩囊的。對我們而言，有一個女朋友簡直是轟動全班的大事呢。

現在，我也很好奇，你的女朋友長什麼樣子？會不會喜歡野外？你是否會想邀她到野外走走？或者，你會因為喜歡她，想要讓她分享自己在野外的快樂？譬如製作一個甲蟲標本，送給她？還是因為是第一次，根本不會想那麼多？不像我們大人，總是斟酌再三，希望對象是在生活上能夠一起結伴的人。

唉，對不起，我實在想太多了。或許，你根本覺得這是很平常的事。至少，在我們的野外旅行裡，那不是最重要的活動。

最近，我們又出去好幾回，你還是跟過去一

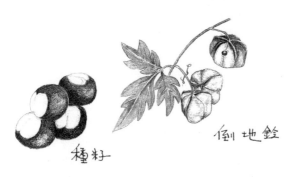

倒地鈴

種籽

樣，忙著捉昆蟲，觀察植物。很難猜測出，你在想什麼，也未察覺你和爸媽間的言行舉止有何怪異或疏遠。我們建議你邀她一起出來走走，卻未見任何下文。

之前，我認識一個國小六年級的男生，平常到野外就想跟我比仰臥起坐，或者長跑。有一回，他從口袋裡偷偷地取出女朋友的照片，然後告訴我，她的星座，還有自己的。

他說，他們很合，以後會一輩子在一起。下一個星期六，他們要一起去聽周杰倫的演唱會。那是他們等待很久的心願。還有，他們會一起去看「哈利波特」第二集。他覺得，自己若跟男生一起去，瘋瘋癲癲地，雖然好玩，但沒辦法享受一種細微的快樂。就是，兩個人靜靜地坐著，享受自己的世界。我隱約知道那意思。十二歲就懂了，真是早熟的孩子。

第一次戀愛，你有沒有這種細微的快樂呢！就好像我們觀察的捲葉象鼻蟲，挑定一片適當的葉子，慢慢地編織好家屋。

那天，聽說你在野外摘了一千顆倒地鈴的種子，準備將那有著白色心形的黑色種子送給女朋友。唔，我想，你應該也體會到這種情誼了！

十五歲女生

十五歲的女生有兩種，一種只會死讀書，一種專門寫信給男生。

這是女作家阿洛在十八歲時告訴我的。那是二十多年前的一個秋天，她才從北一女畢業，和我一樣吊車尾，考上陽明山上的偏遠大學。她的另外一個高中死檔，夏宇，更是無出其右，連個學校都沒撈到。只是，後來隨興寫詩，不小心變成台灣當代重要的詩人。我想她們的十五歲，應該都是後面的那一種。

我一直把這個深刻的印象留存著，直到現在，當妳們跟我一起到野外旅行。我才知道，十五歲的女生，在她們還沒十五歲以前，可能也有兩種。一種像安靜的蝴蝶，停在隱密的森林裡，很少揮舞翅膀。一種是不停地跳動的山雀，成群沿著樹林，吱喳個沒完。

最熟稔的一位，小學二年級時就認識了。每次旅行回來，都會書寫觀察的感受。不論是山路、古道的跋涉，或者是老街、古蹟的巡禮。小女孩總能透過自己細膩的眼光，看到一個我疏忽的，或者難以關照的郊外環境。譬如以下兩段的小小心得，就能窺知一二：

「這裡的樹都是柳杉，沒有別的樹種，但它們長得非常高大，使人覺得空氣清新，陽光在樹林中閃耀，柳杉林中很潮溼，所以樹幹上長滿了綠衣，我喜歡潮溼一點的樹林，能使人聞到潮溼的森林氣味，心情舒暢。不過在這裡，我沒有發現什麼，只看到紫嘯鶇在樹枝上。」

——11歲時書寫的鹿堀坪古道

「合興站很像從前日本的宿舍，很樸素的。我試著在鐵軌上奔跑，冷風從耳邊劃過，發出了颼颼的怪聲，我想向無盡頭的地平線奔去。真羨慕火車每天過著這麼充滿快感的日子。」

——12歲時書寫的內灣支線

紫嘯鶇

像這樣保持著婉約、又洋溢著孩子氣的筆調，無疑是大人和十五歲男生都寫不出，也感受不到的情境。更教人疼惜的，每次去一個小鎮、一處山村、或一座山巒，她都會記錄自己的旅行。這樣一篇又一篇，直到國中以後，功課繁重了，才不得不暫時歇筆。雖然中綴，我想，她應該是很熟悉台灣地理和山川風物的孩子了。這樣瞧著她長大，總覺得像是呵護一棵台灣杉的挺立，長高，一直往上。天空的色澤特別地蔚藍。

　　我一直把她的旅行筆記，還有她和同學們做的卡片，放在多年蒐集的老地圖和自然誌文獻旁邊。這是自然賜給我的最珍貴禮物之一。或許小女孩長大了，忘記了這些寫過的文章。但我卻小心地存藏著，隔一段時間，翻讀那描述花草鳥獸和鄉鎮街景的純淨文字，都彷彿像遇見喜愛的特殊鳥種或植物。

　　儘管那只不過是一篇篇尋常的旅行札記，但我彷彿知道一個小女孩的某一個祕密。在一個不久前的時光裡，她悄悄地跟森林，跟草原說了一些心裡的話。那種滿足如在高山草原徜徉，山霧散去，驚喜地，乍見水鹿。

　　小女孩長大了，會不會像靈長類學者珍·古德一樣，將自己的一生奉獻於自然科學的領域，我無法預測。也不想朝這樣的期待，去思考人生，或者投以寄望的眼光。我只是暗自高興，她可以在自然裡，仔細咀嚼，生命較深的那一部份心靈。

另一類女生，在野外課出現時，總教人莞爾卻又擔心。她們彷彿春天時才剛剛長大的小鹿，腿還未站穩，就跑出來了。每次的旅行都像是第一次的冒險。東闖西撞，分不清野外的安危。走在山路時，可能比走在忠孝東路上更容易摔倒。過一條小橋，也會以不可思議地方式滑跤。

　　或許，她們平常在學校就是如此了。不小心翻開她們的書包，耳環、指甲油、化妝品、……，裡面可能還留著一、二封寫給男生的信，或者是罵教官的小紙條。她們的課本和以前的女生一樣，繼續畫了許多美麗的公主，以及她們心儀的王子。她們罰寫的切結書，絕對遠比作文還多。

　　但她們一走出教室，許多煩惱就具體地拋諸腦後了。眼前都是華麗的世界，絢爛的人生。抵達海邊時，我介紹海岸和大地的分界意義。她們像剛剛飛抵台灣的水鳥，好像發現新大陸，雀躍地喊叫。瞻仰老樹時，我描述百年來村民的情感。她們團團圍住它，舞動著身體，好像在跳土風舞。拜訪老車站時，我建議她們，想像自己是一個即將遠行的旅人。她們站到月台，興奮地唱歌，彷彿要去畢業旅行。

　　啊，那青春的脈動，迎風的激越，都讓我的自然觀察變得拘謹，不自然了。她們才是真正享受生命，而且揮霍得很瀟灑的年輕人呢。

　　我相信，自己想要訴說的鄉土風物，她們不會記得太多。長大以後，大概也很少會回到我走

逛的自然世界。她們會像現在多數的六年級女生，在城市與城市間旅行，最多以自然佐茶，以花草寄情吧。

有次碰到兩位就最為明顯了。她們坐在車上時，一路興奮地聊個不停。我在努力地談著中法戰爭和劉銘傳，她們在後面專注地聊NBA和男朋友。還不時從背包裡取出皮夾，爭看著對方的男朋友們的照片，一邊品頭論足，一邊竊笑著。

知道她們都有許多男朋友時，我著實嚇了一跳。後來才知道，她們把認識很多男朋友，當做一種遊戲。她們喜歡說，「我的某某任男友」、「我和他如何交往」等等。她們的男朋友，可能是學校的英文老師，也可能是某某偶像歌星。只要喜歡，都可以冠上這個稱號。

但這都是單戀，單相思。百分之九十九，十五歲女孩子的情意結。那都是網上情人，虛擬實境。她們上網，把男朋友的像download下來，跟自己在一張野外的照片合成。譬如，有一個認定了小牛隊當家大前鋒諾威斯基。凡有小牛隊之比賽實況必定觀賞，管它段考與否。而為了讓兩個人站一起時不那麼懸殊，她只取上半身。於是，她和二百一十多公分的諾威斯基，靠在一起時，就只差一個頭而已。

啊！這些七年級末段班的。二個人相聚時，就變成菜市場。我如果瞭解她們，大概就知道麻雀集聚在一起，交頭接耳時，都在說些什麼了。

十五歲以前如是。在她們這段被壓抑的階

段，如黑白電影般的生活篇章裡，我只能期許著
自己，就像其他老師，展示自己熱愛生活的那一
部份色澤。我也得努力，提供冒出綠芽和嫩葉的
元素啊。

野薑花

三封未寄的綠皮書信

第一封：稻田之旅

冬末時，我帶孩子們到收割的稻田旅行。

那兒靠近多鹽風的海岸，一畝畝一期稻作的水田都有足球場的遼闊。田與田間，豎立著成排的黃槿和木麻黃，形成阻隔的防風林。田裡則只剩下收割後的枯草莖殘留著。海風冷颼颼地灌進，把這樣荒涼、清冷的環境更加徹底地裸露。

我研判找不到鳥類了，遂突發奇想，決定在田裡玩「捉人」。那是我小時候最愛玩的一種遊戲。我在稻田裡豎起兩根稻草人，然後把孩子們分成兩國人馬，以稻草人為基地。這個遊戲很簡單。從自己基地後出來的人，可以捉先跑出來的人。先出來的人只要再回到自己的基地，就能重新出來捉對方。捉到的人，必須到對方的基地排隊等候救援。

沒多久，孩子們熟悉了玩耍的規則，開始興奮地在稻田裡相互叫陣、鬥智，並且跑跳、追趕，把空闊的稻田吵得熱烘烘。

孩子興奮地玩耍時，我回頭注意到了你。你安靜地坐在田埂一角，凝視著遠方的某些景觀，有時還特別用望遠鏡眺望。彷彿那兒有些東西，值得你花費如此長久的時間觀察。

或許吧！我試著以你的心情假想，那兒真的有些東西，是一種不像鳥類或植物那樣具體的生物，活躍地存在著；是我們這樣年紀已大的人無從明瞭的。

　　當然，也可能，你只是想要安靜。在遠離市囂時，順便遠離繁重的課業壓力，乃至家庭的羈絆，獨自在這個角落，輕鬆地享受著田園風光。

　　假如你像其他人一樣，橫躺下來，仰望著天空，減低被海風的吹襲，我相信剛剛的猜測都是無可置疑的。但你卻不時像一個枯乾、破敗的稻草人，呆立著般，不斷地朝我們的方向看過來。

　　我因而大膽猜想，你大部份的時候，還是被我們的嬉笑聲所吸引，不斷地把眼光放在我們的身上，並沒有將視線超越我們。我更進一步判斷，你可能很羨慕我們，很想跟大家一起盡情地玩樂，但是卻裹足不前。

　　後來，你在一封寫給我的遊記裡，果然提到了這樣的尷尬情境。

　　我讀完你的遊記後，重新回憶起當天的情景，繼續沉緬於跟孩子們一起踏青的愉悅。這一次的，以及先前的無數回旅行。舉凡山間小徑、海濱漁港等等。我也不免回想你的每次參與。如今總覺得你像一隻進入林子裡的虎鶇，雖然在團體旁邊，仍舊孤獨地覓食。

　　為什麼你無法放開自己呢？大概其他孩子都是國小的朋友，而你已經上了高中，不好意思跟著他們一起忘情地嘶吼吧！

其實，我已經對你充滿讚許。但是，我對你的期望會更高。並不是因為你就讀的是台北的名校，也不是因為你的功課出色。我欣賞你的原因很簡單。像你的年紀，十六歲的青少年，還願意出來野外自然觀察，實在稀少得可憐。

那些不出來的人，若是帶到野外，有時還會忸怩不安，不知要把自己擺在那裡較好。這種疏離，我已經見過好幾次，好像他們已經和自然環境絕緣。

我想這樣的情形應該不會發生在你身上。但我也懷疑，我帶領你們到自然環境所獲得的體驗，以及聽取到的自然知識和理念，你又能領悟多少？

但是，這些也不是那麼重要。明天就要段考，你願意放棄準備的時間，坐在這裡享受陽光和海風的照拂，我想光是這樣的意涵就夠了。

你繼續坐在那裡，我想就把你當成稻草人也好。在野外裡，把自己站成一種空曠的孤寂，難得一天的無所事事，讓心思遊蕩，都遠比整天待在教室裡踏實得多。

第二封：古道行

秋末時，我們去走訪大屯山的古道。這是芒草開花的季節，一路白茫茫的芒花，搖曳如萬頭鑽動的非洲鈴牛之尾，擠不出一絲春天的綠意。

但我們很快就進入陰森的闊葉森林。一路

上，我努力地解說，企圖從黑暗而潮溼的林子裡找到一些生命活絡的跡象。孩子們也不斷地翻開腐木和廢棄的木板，尋找躲藏在裡面的各種生物。

儘管是嚴寒的冬天，我們憑著平時累積的經驗，找到了許多的赤蛙、馬陸、菌菇、蜈蚣和蟑螂。

在如此蕭殺的季節，發現小生物棲息的生命樂趣，讓我們渾然忘記了寒冬的冷意。整趟行程走畢時，我甚至以為，我們此趟旅行最為豐碩的收穫應該就是這些了。從小朋友們寫的回憶，我也感受到這種氛圍。

後來，你也寫了一篇遊記讓我過目。你寫到這趟旅行，一路只想快點走出森林，享受陽光的照射。林子的暗黝、潮溼，以及葉子的重重疊疊，讓你陷入奇怪的不快。走出林子，被陽光溫煦照射的那一刹，你卻有一種說不出的幸福，飽含著快樂和喜悅。

讀完後，我有些錯愕，也有一些喜悅。我錯愕於同樣的一趟旅程，為什麼我竟疏忽掉了陽光照射的感受。我也喜悅於你能發展出自己的特別經驗，而且誠實地敘述。

這條古道從二子坪步道進去，從三清宮方向出來，二個小時左右的路程。中途會經過一些廢棄的石牆，據說是噶瑪蘭人遺留的。

我原本以為，引領你走這條古道，對你和同學籌組的鄉土研究社，應該有很大的助益。但你

竟隻字不提，也未詢問相關的事情。半途時，我就有些疑惑，如今才恍然領悟。

我想這樣也好。本來，我從不覺得，每一趟旅行都要是嚴肅的，必須背負鄉土的使命，或者是以一種終極關懷的態度，注意我們周遭的環境。

我寧可，你只是在野外的旅行尋找自己的出路，而不是探詢整個社會的位置。其實，對一個十六歲出頭的人，這個時代、這個社會之複雜脈絡，尋找自己已經夠沉重了。

這次旅行，雖然依舊是我在教學，你的感受卻給了我很大的啓發。

第三封：海邊浪行

帶你們到淡水河口旅行。

原本想教海岸生態的污染和破壞，抵達現場時，那兒也一如預期，展現了目前台灣海岸的髒亂，以及被消波塊和海隄破壞的自然景觀。潮間帶更遺留著大大小小、五顏六色的各種垃圾。

光是從那些垃圾的種類，我們可以有趣地分析，整條淡水河上游居民的生活內容。從自然教學的題材來說，淡水河口眞是難得的上好材料。但是，才抵達現場，我卻放棄了以往的教學方式。不知爲何，我對整個海岸的開闊有了另一番的感動。那種感動，超越了我對滿地垃圾和建築工程的憤悶。那種感動強烈地提醒我，必須快點

捉住這一霎時的可能，生怕下回來就消失了。

那是什麼可能呢？

我說不上來。我只是決定，試著讓你們沿著長達兩公里的海岸走動。

「愈走愈遠愈好，不要跟別人講話，自己走自己的路。」我這樣寥寥數語的交代。

你們平時已經習慣了我滔滔不絕的上課，突然間看到我不再講話時，而且不再伴隨時，都有些不知如何是好。

大家胡亂地走著，卻不時回頭望我，像是初次遷徙的候鳥，等待著我的引導。偏偏，我佯裝未看到，讓你們繼續不安地走著。一處平坦而遼闊的沙灘，你們好像走在狹小的地雷區，往前一步，都會掉了老命似的。

我原本以為，你的年紀較大，應該明瞭我的意圖。但最後你也回頭看我了。你知道嗎？當你轉頭那時，我有多失望？

你是否還不清楚，我要你們尋找什麼？好吧！如果一定要具體的說出我的教學企圖，我或可勉強而模糊地說，想要透過大自然的賜予，給你們一個充裕的空間。要你們獲得最大的孤獨，以及最大的自由。

什麼是最大的自由？什麼又是最大孤獨？這又是一種很奇妙、很唯我、很難清楚解釋的東西。只有你全然地走進海灘，一個人面對著海洋，像一隻落單的水鳥，才能深刻體會吧！話雖如此，但縱使如我，在野外自然觀察二十多年

沙崙河口（淡水河）

了，依舊捉摸不住。

後來，你在信上提到，那次的海灘散步，最後時，你因為無聊，拖下鞋，赤裸著腳，靜靜地站在海水，讓挾帶細沙的海浪沖刷著腳踝。那種浪潮的來回，讓你奇妙地感覺著身體的失去與獲得。

真虧你有這麼纖細的心思！我想，這大概捉住了那麼一點點的自由和孤獨了吧！而那最大的，如果有機會，我們就一起去尋找吧。

東方環頸鴴

最後一堂課

「我們回家吧！」

當我站在排雲山莊門口，向你們沉重地宣布這項放棄攻頂的決定時，一個個沾滿雨水的稚氣臉龐，頓時都露出失望而沮喪的表情。有些人眼眶裡，甚至已經噙滿淚水了。

我不禁再抬頭，凝視著濃霧瀰漫的山區，感歎天公的不作美。

昨天清晨，從塔塔加鞍部，沿著小徑緩步時，一路上，深藍的天色，陪襯著蒼翠的鐵杉和冷杉森林，恣意地展現高海拔的險峻和奇美。高山的花草也努力地綻放著，將最鮮明、亮麗的色彩，毫不保留地敞開，歡迎我們的前來。無論是已經走過好幾回的我，或者初次上高山的你們和爸爸媽媽，一路走著，不禁都充滿了對這塊土地的讚歎和感激。

然而，下午起霧時，整個山裡的世界瞬間改變了。從昨晚至清晨，下了一整夜的連綿大雨。你們多半都睡在帳篷裡，徹夜和滲進帳篷的雨水奮戰，幾乎都未好好入眠，但還是抱著高度的興致，期待著凌晨的攻頂。

我也一樣，不斷地冒著雨水，出營探視，檢視每個帳篷的狀況。大清晨，天才勉強露出一絲曙光，我已急沖沖地探出頭，但一看四周的山巒

繼續圍繞著濃厚而溼重的烏雲時，暗自猜想大勢不妙了。

進入排雲山莊，果然聽到了壞消息。昨晚有人從收音機聽到，一個叫「玉兔」的颱風，正撲向台灣。如果繼續待在山區，情況並不妙，最好馬上拔營下山。

一大早，我集合你們，向大家宣布撤退的命令時，旁邊許多登山團體都在忙著打包登山用具，紛紛往山下走。但你們仍不甘心，繼續冒著微微細雨，圍繞著我，似乎懷疑我講這句話的真實性。

你們多半跟我已經有三、四年野外的觀察經驗。你們深信，我一定會做出睿智的決擇，解決目前的困境。過去，再如何惡劣的情況，意志堅決如山的我，總會找出其他法子來面對，從來不會讓你們的期待落空。

但這回我真的讓你們失望了，也讓自己傷心。我再次以堅定的語氣強調，「快點收拾背包和帳篷，我們回家吧！」

你們稍微散開，但是環繞在我的旁邊，呆立、徘徊，或者索性蹲了下來，還是無法相信這道命令。計劃了一個多月，好不容易走到排雲山莊，眼看主峰就在咫尺，就這樣放棄嗎？

我只好再跟你們解釋，縱使颱風不來，外圍環流將會帶來豪雨。冒險爬上山頂，其實是相當危險的。昨天睡在山莊裡面的人也傳出，莊主要大家儘快下山，山莊不宜再留人。

但你們繼續茫然地看著我，或別過臉，或垂著頭。

「山不會走的，它會永遠在那裡，等我們回來。」

「你們還年輕。最重要的是爬山過程，不是攻頂。」

我再試著跟你們委婉勸說，並且嘗試著用不同的角度詮釋登山的意義。

「我已經來過五次，也只有一回登頂成功。」

「現在風雨交加，縱使爬到山頂，一樣看不清楚周遭。」

聽我說完了，你們依舊無動於衷，空氣間充滿一股沮喪的氣氛。我想起，出發前，為了鼓舞士氣，一直在讚歎登上主峰的快樂和驕傲。你們的眼光，洋溢著神采。勢必還記得出發前，我那高昂的激勵話語：

「如果一輩子沒有登上玉山，哪裡算台灣人呢！」

「只有爬上玉山，你才會感受到這塊土地的可貴。」

臨行前，我是這麼激發你們對這塊土地的認同，現今卻要你們在最後的關頭放棄。

但事不宜遲，眼看大家不知何去何從，我還是狠下心來，拉高聲調，把雙手作成擴音器的喇叭狀，一百八十度，朝整個山莊，乃至玉山山巒，喊道，「我們回家吧！」

喊完後，當下我竟覺得自己是多麼的不真

實，無法在那兒繼續站立。我也不敢在你們面前逗留，回了頭，就進入大廳裡，幫忙整理背包了。

原本，準備滯留兩天的食物現在都堆積如小山，準備留下來給莊主使用了。這個攀爬玉山的計劃是我提議的。當初有此構想，主要是你們多半要國小畢業。我覺得，應該有一個重要的野外儀式，做為三、四年來在台灣各地鄉鎮旅遊的總結，玉山行遂成為大家最後的共識，也成為夢想。

這支隊伍的人數約三十人。成員有高山嚮導六名，porter二人。其餘為二十來名大人和一半國小六年級為主的小朋友。為了強調此行為高山的自然觀察之旅，我們將行程拉長，預計四天三夜，一天在東埔過夜，二天待在排雲。以從容而緩慢的速度，進行這次的登山活動。

在出發前，大約有一個月的時間，我和高山嚮導已經分別著手訓練和補給的工作。這個工作，包括了購買適合你們的登山配備、登山計劃的研擬、各種食物的分配、公家裝備的分攤，以及行前體力的訓練。對我而言，這項工作簡直像登陸月球一樣麻煩。如果出發那天是火箭升空，那麼事前過程的籌畫，就像準備火箭的裝備和檢查，其實是相當繁複的。

陪我一同前往的高山嚮導，都是「五二三登山俱樂部」的老手，但第一次帶小孩，他們也有未料到的不少情形。我們的心得是，準備得再周

延，總有意想不到的事發生。訓練時和正式登山時，都有層出不窮的狀況，考驗著我們的臨場應變。

譬如，一位家長在興福寮古道攀爬的訓練中途，下山時竟腿軟了。我們只得建議她得多喝含有氯化鈉的舒跑。出發前，我們亦獲知，排雲山莊的床位可能不夠。二天在那兒的住宿，其中一天需要搭帳篷在外，所以必須多揹帳篷上山。

上山時，你們當中一位竟發生臨時嘔吐的現象，還好我們即時地讓他恢復信心。沒多久，又一個女生踢到石頭，腳踝扭傷了，嚮導只得分擔她所背負的東西。

但無論如何，相對於登頂，這些似乎都是芝麻蒜皮的小事。我總會再三鼓勵，再如何疲憊都要忍耐，只要能夠登頂，一切苦痛都值得犧牲。終於，大家亦如願爬到排雲山莊，等待明天的攻頂了。然而，眼看就快實現，卻在剩下這最後一段攻頂的路程時，突然要放棄了。有些家長曾經勸我，或許山頂可能風雨交加，但我還是應該鼓勵你們，無論如何，穿起雨衣，爬到山頂去完成心願。

其實，我何嘗不想如此冒險。但是一個複雜的害怕念頭，讓我毅然打消了冒險攻頂的決心。那害怕不只是擔心你們走在碎石坡和風口時，遇到強風和落石的危險。我更害怕，自己違反了登山人信守的美德，只為攻頂而冒雨登山。

或許，這次的挫敗，反而是教導登山美德的

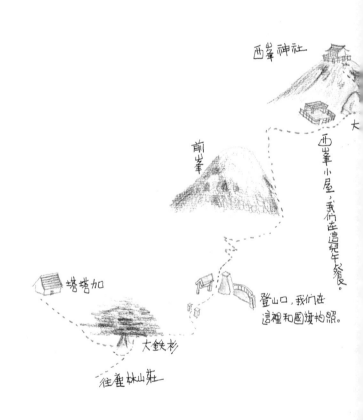

西峯神社

前峯

西峯小屋，我们在這兒午餐。

大

塔塔加

登山口，我们在這裡和國旗拍照。

大鐵杉

往鹿林山莊

玉山主峯

最後的碎石坡

排雲山莊，我们在
亭邊搭帳蓬，躲了一夜的雨。

小南山，第一個
看到的，三千公尺
的玉山群峯之一。

圖 12歲的玉山登山路線圖

最好時機。

　　等大家整理好，逐一下山。我才最後一個肩起背包。離開時，仰頭回顧，白茫茫的濃霧裡，依舊無法看到任何山巒的身影。

　　下山的路上，不知為何，二十多公斤的背包彷彿變成一百公斤，直到大峭壁前。這段路，我愈走愈緩慢，臉上彷彿有雨水也有淚水。整個人精神恍惚下，幾乎快變成前兩個月從大峭壁失足而墜崖的人。我疲倦地想靠著任何一個東西，躺下來休息，就不想起來了。

　　下抵塔塔加，我才清楚，我或許做了一個過度考量的決定，因為資訊不足，在山莊道聽塗說，做了一個嚴重的錯誤判斷。原來，玉兔颱風只是過境而已，並未帶來豪雨。或許，我真該帶你們冒險上山，繼續在山上待一晚。為此，我又矛盾地自責起來。

　　回台北後，我的心情持續低潮，不斷地和朋友討論，當時我的決定是否正確。這樣持續了好一陣，很多近郊的山區，幾乎都無法前往。每次一出門，我知道那攻頂失敗的挫敗，就會自心底浮升。

　　當時還天真的浮現一個想法，快點再安排個相似的高山，帶你們去攻頂吧。我被如此媚俗的價值，煎熬了好一陣子。所幸，並未真的成行。

　　未幾，桃芝颱風來襲。阿里山和南投山區，災情相當嚴重。前往玉山的山路，也中斷了數個星期。這個不幸的天災，卻讓我稍感釋懷。但未

完成的玉山攻頂，那遺憾繼續存藏在我的心裡。

　　直到一個學年過去，你們又長大一歲，似乎對這件攀爬玉山無法攻頂的事釋懷了。再帶你們到野外旅行時，亦能平心靜氣地談及玉山。

　　儘管你們還有一些扼腕。我總會再嘮叨勸說，畢竟，人生何時又曾完美過。

　　未能攻頂，何妨。

　　也許，留這一點遺憾，人生走得會更好。

朱雀

我們的大河

　　還記不記得，在島嶼的東北邊森林，有一條叫「灣潭溪」的大河。那是我們野外旅行裡，遇見過最美麗而清澈的溪流。

　　它流經偏遠的雙溪、坪林，最後注入翡翠水庫。台灣山區的溪流往往多急湍、瀑布，灣潭溪卻相當平緩而寬闊，而且一路蜿蜒，流經蓊鬱的森林。在台灣山區，如此壯麗的溪流，相當罕見。更何況，它位於水源管制區，長期以來一直受到保護。

　　灣潭溪旁邊有一條近百年的古道。古道穿過原始而安靜的隱密森林，曲折而多蜿蜒。那是我最喜歡散步、沉思的小徑，也是你們可以安心聊天、遊戲的林子。

　　以前，我們都是帶個簡單的午餐，諸如飯團、壽司，或者蘋果、橘子等水果，在那裡消磨一天的時光。有時，從上游的灣潭小村出發，有時從闊瀨的方向上溯。經過古意盎然的石厝、老橋和土地公廟，回味昔日的農村風景。走累了，就坐在溪邊的巨岩休憩、遠眺；或者閉目，徜徉在梯田的草原上。如此隨意的一天，身心總是盈滿難以估計的快樂。

　　當然，印象最深刻的一回，就是第一次。那是夏末時，我們沿著古道進入，經過一處野薑花

盛開的花叢，濃烈的花香飄送過來，一對蝴蝶彷彿隨花香，徐徐翻飛而上。眼前的河灣則以深邃的翠綠，緩緩地繞出一個月形的大潭。三、兩隻鷺鷥更以白色的背影，劃過那水面，優雅地緩緩拍翅，上了林空。而一位遠來的釣客，正在河岸奮力揮桿，享受著溪釣的孤寂之樂。

這處雅致的景觀讓我聯想起一部美國史詩電影「大河戀」的場景。電影裡，男主角小時常和爸爸、弟弟到一條家鄉旁的大溪釣魚。年紀大時，回到家鄉，最想做的事也是回到溪邊，重溫釣魚的舊夢。

未料到，台灣也有如此大河風貌。我不禁停下腳步，興奮地讚歎，並且突然轉頭，慎重地跟你們說，「這條溪的風景，你們一定要記得喔。」

水獺

其實，島上到處都有漂亮的風景，爲何這兒特別要記住呢？再者，平常出外健行、釣魚，我都很少如此嚴肅地看待事情。過去，看到一處景觀後，也很少會不斷喃唸，感謝上蒼的眷顧。這般失態，猜想你們一定也吃驚了。

事後，我自己也暗自猜想，或許是台灣的森林被破壞得太嚴重了，這幾年在平地又殊少看到乾淨的水域，以至於發現山裡有一條大河這般優雅的存在，彷彿看到絕種的水獺，重新出現在島上的溪水般，我才會如此激動反應吧。

以前，曾祖母晚年病臥在床，我有空隨侍在旁，常和她閒聊小時的事情。她曾好幾次透露，如果病好，最大的願望就是有一天能夠下床，走到一條寬闊的大河旁邊，那河岸鋪陳著綠色的森林和草原。她能夠不斷地走，一直走下去。像日治時代，上沒幾個月的小學，老師帶他們出去的第一次遠足。

「那次走到哪裡呢？」有一次，我不禁問她。

「忘了。反正走了很遠，很快樂。」曾祖母回答時，圓潤的臉頰洋溢著一抹淚光。

那幸福的表情，在我的腦海裡，深深地烙印著。我凝視眼前的大河，好像也找到了她期待的家園。那一年夏末，你們大概不能明白，我們的旅行爲何都集中在附近的水域環境，不斷地來去。現在，是否能更深刻體會呢？

後來，你們去上課時，我也常單獨到那兒。

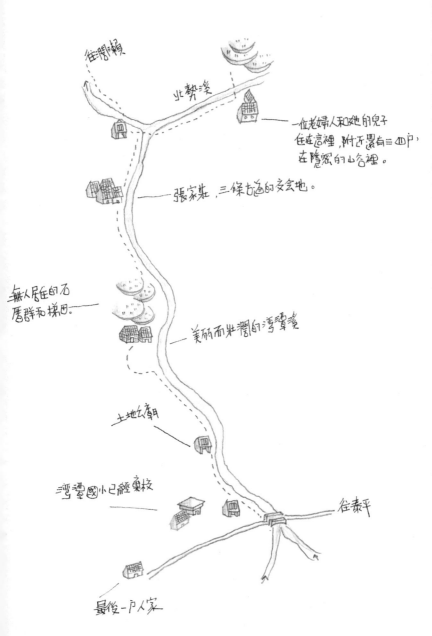

往闊瀨嶺

北勢溪

一位老婦人和她的兒子
住在這裡，附近還有三四戶，
在隱密的山谷裡。

張家莊，三條古道的交會地。

無人居住的石
厝群和梯田。

美麗而壯闊的灣潭姿

土地公廟

灣潭國小已經廢校

往泰平

最後一戶人家

■我的返鄉之路

每次去，也特別懷念曾祖母。想到小時和她一起爬山撿柴，總覺得過去的日子雖然辛苦，卻是很單純、很快樂。如果有機會，退休時，總要再嘗試這種簡樸的生活呢。

如今，這段大河之路，成爲回想生活往事的重要細道。短短的一段路，腳步常變得沉重、遲緩，每一步都有些捨不得。那些過去的往事和眼前的美麗景觀經常交錯，構成美好的私我畫面。總生怕，有朝一日這裡生態環境改變了，連帶地將我的回憶也消除。

我們的老家鳥日九張犁就是最好的例子，除了一些公墓，已經找不到過去的一絲遺跡，那些過去曾經是水井、土牆、茅坑、竹管厝的簡樸環境，現在都成爲公寓大樓。我們早已沒有家園可以回去。

真希望，有一天，當自己往生了，當你們懷念我時，請你們回到這條少年時旅行過的大河，繼續沿小徑散步，聞著野薑花香，遇見鷺鷥滑行。

我的靈魂，還有你們未曾謀面的曾祖母，都會在那兒安身。

牛背鷺

孩子，你知道我的意思嗎？
我站在每一條街道的盡頭等你，
我們背後的陽光，陽光下的鳥聲、
蟲鳴也都在等你……

在這塊土地，
我們將留下最大的林原最大的天空，
讓你的十五歲，走完這個島的四季，
二十歲，記載它的自然史。

——〈我們的家族使命〉——

國家圖書館出版品預行編目資料

少年綠皮書：我們的島嶼旅行／劉克襄文，圖. --
初版. -- 臺北市：玉山社, 2003【民92】
面： 公分. --（綠色種子；10）

ISBN 986-7819-24-1（平裝）

855 92010444

綠色種子 10

少年綠皮書

作　　者／劉克襄
發 行 人／魏淑貞
出 版 者／玉山社出版事業股份有限公司
　　　　　台北市106仁愛路四段145號3樓之2
　　　　　電話／(02) 27753736　　傳眞／(02) 27753776
　　　　　電子郵件地址／tipi395@ms19.hinet.net
　　　　　玉山社網站網址／http://www.tipi.com.tw
　　　　　郵撥／18599799　玉山社出版事業股份有限公司

主　　編／游紫玲
編　　輯／蔡明雲
行銷企劃／魏文信
法律顧問／魏千峰律師
排　　版／極翔企業有限公司
印　　刷／松霖彩色印刷有限公司

定價：新台幣200元
第一版一刷：2003年7月　　　　　第一版十五刷：2017年2月

◎行政院新聞局局版北市業字第14號◎